역사 판타지 타로 야화

세령

이봉선 장편소설

차 례

일러두기
출처로 표시한 양력과 음력은 을미개혁에서 태양력을 사용하면서 1895년 음력 11월 16일의 다음 날이
1896년 양력 1월 1일이 되었다. 이를 기반으로 하였으나 시간 순서와 표기는 소설적 상상에 의한 것으로
실록과 차이가 있을 수 있다.

하늘의 그물은 크고 넓어 엉성해 보이지만,
누구도 빠져나가지 못한다.
불평등이 극에 달하면,
하늘의 그물은
침묵하고 외면한 자들의
가장 소중한 것부터 찢어 죽이리라.

인연의 끈

은빛 방울을 흔들던 무당이 세령을 노려보았다. 무당의 손이 바르르 떨렸다.

"너… 너는 도대체 뭐 하는 년이냐?"

무당은 겁에 질린 눈빛으로 세령의 주변을 살폈다. 세령이 고개를 들어 무당 뒤편의 신단을 바라보았다. 무당의 눈은 붉게 충혈되어 금방이라도 실핏줄이 터질 것만 같았다.

"여… 여기가… 여기가 감히 어딘 줄 알고…."

무당은 바르르 떨면서 손에 들고 있던 방울을 떨어뜨렸다. 방울은 바닥에 떨어진 상태에서도 가늘게 울고 있었다. 세령이 의아한 눈빛으로 방울과 무당을 번갈아 바라보았다.

"왜 그러세요? 저는 진짜 죽고 싶어서 왔어요. 이번이 마지막이라 생각하고 임용고시를 봤는데 또 떨어졌어요. 유일하게 저를 지켜주던 남자 친구는 갑자기 죽었고요."

"그… 그러니까 왜 하필이면 나를 찾아왔어?"

"내가 한강에서 자살하면 어디로 가는지, 그리 죽어도 남자 친구를 만날 수 있는지 궁금해서요."

"남자 친구가 죽었는지 어떻게 알아?"

"경찰에서 연락이 왔어요. 월요일에 비가 많이 와서 한강

하류로 떠내려갔을 가능성이 크다고…."

세령은 감정을 억누르지 못하고 흐느껴 울기 시작했다. 스무 살에 시작한 서울살이는 사는 게 아니라 절망의 실체를 영접하는 날들의 연속이었다. 2평짜리 고시원은 창문도 없었고 문을 열고 들어갈 때마다 눅눅한 절망의 공기가 가슴을 짓눌렀다. 옆방 남자는 옥상에 널어놓은 속옷을 훔쳐가는 변태 새끼였고, 공용 주방에는 사람을 보고도 도망치지 않는 바퀴벌레가 득시글댔다. 편의점 사장 년은 아르바이트생 세령이 담배와 양주를 훔쳐갔다며 경찰에 고발했다.

"내가 아무리 노력해도 안 된다는 걸… 이제 알았어요. 진짜 더 버텨낼 힘이 없어요."

세령은 눈물을 닦으며 무당을 바라보았다. 무당이 싸늘한 눈빛으로 방울을 주워 들었다. 무당은 떨리는 가슴을 진정시키고 방울을 흔들었다. 북쪽 벽면의 신단에서 칠성신이 세령을 내려다보았다. 방울 소리가 그치고 무당이 눈을 떴다.

"너는 뭐 하는 년이냐? 네가 안고 있는 78이란 숫자는 대체 무엇이냐?"

무당의 질문에 세령은 의아한 표정을 지으며 고개를 저었다. 무당은 방울을 천천히 흔들며 서늘하게 속삭였다.

"너는 매일같이 78 굽이의 고갯길을 오르고 있구나."

"78 굽이 고갯길이요? 서울 한복판에 그런 고갯길이 어디 있어요?"

"아냐. 틀림없어. 지금 너를 죽이기도 하고 살리기도 하는
그 고갯길이…."

무당의 눈이 매섭게 번뜩였다. 세령은 무당의 말을 알아들
을 수가 없다는 듯이 고개를 갸웃거렸다. 잠시 골똘히 생각하
던 세령이 눈을 동그랗게 뜨며 무당을 바라보았다.

"아! 78 굽이 고갯길이라면 그게 혹시 내가 살고 있는 고시
원 계단이…."

"고시원 계단? 그게 왜?"

"예. 내가 사는 고시원 6층은 층마다 13개의 계단이 있어요.
엘리베이터는 언제나 '수리 중' 팻말이 붙어 있어서…."

세령은 자신도 모르게 한숨을 내쉬었다. 78개의 계단은 절
망의 실체였다. 매일 78개의 계단을 올라 어둡고 축축한 절망
을 마주치고 있었다. 편의점 아르바이트가 끝나고 새벽 4시
에 계단을 오르다 보면 숨이 턱까지 차올랐다. 후들거리는 다
리를 진정하고 계단을 오르다 보면 서울살이의 절망이 섬뜩
하게 뒤따라오는 것이 보였다. 절망은 검은 외투를 입고 하얗
게 질린 손을 내저으며 집요하게 따라왔다. 때로 6층 78개의
계단이 희망으로 바뀌는 순간도 있었다. 밤샘 작업을 끝낸 나
반이 캔 커피 2개를 들고 거울 앞에서 세령을 기다릴 때였다.
하지만 이제 세령의 유일한 희망이었던 나반은… 이 세상에

존재하지 않았다.

"내가 죽으면 남자 친구를 다시 만날 수 있을까요?"

세령은 서늘한 눈빛으로 무당을 바라보았다. 무당이 흠칫 놀라서 뒤로 물러섰다. 그 충격으로 신단에 놓인 정화수의 물이 흘러넘쳤다. 차가운 물이 방바닥으로 흘러내렸다. 무당은 완전히 얼어붙어 꼼짝도 하지 못했다. 세령이 무당 앞으로 몸을 기울였다.

"선녀님! 왜 그러세요?"

"꺼져! 당장 꺼져버려!"

무당은 미친 듯이 소리를 질러댔다. 창호지 문이 열리고 무당의 시중을 드는 젊은 여자가 들어왔다. 무당은 그제야 숨을 내쉬며 방울을 집어 들고 벌떡 일어섰다.

"이년! 이 요망한 년을 당장 끌어내! 지금 당장 끌어내!"

여자는 깜짝 놀라서 세령의 팔을 잡아당겼다. 세령은 영문도 모른 채 밖으로 끌려 나갔다. 세령이 사라진 후에 무당이 바닥에 털썩 주저앉았다. 여자가 무당의 눈치를 살피며 조심스럽게 들어왔다.

"선녀님. 무슨 일이 있으신지요?"

무당은 덜덜 떨면서 간신히 입을 열었다.

"저년… 저년이 누군지 알아?"

"글쎄요? 아까 말하는 것을 들어보니, 남자 친구가 갑자기 사라져서 살아갈 희망이 없다고….”

여자의 말을 듣고 있던 무당이 절레절레 고개를 저었다.

“저년이 바로 그 호랑이. 하얀 호랑이를 몰고 다니는 그년
이야.”

“예? 그러면 저 사람이… 세령 아씨?”

무당은 넋이 나간 눈빛으로 고개를 끄덕였다. 여자의 얼굴
은 금세 새파랗게 변해갔다.

“설마하니 우리가… 김나반을 죽이려 했던 걸 이미 알고 온
걸까요?”

“틀림없어. 저년 주변에 백호의 기운이 서려 있어. 분명 우
리를 찢어 죽이러 왔어.”

“하지만 김나반의 흔적은 모두 불태워버렸는데 그걸 어떻
게 알고?”

여자의 말을 듣고 있던 무당이 부르르 몸을 떨었다.

“이 세상에서 가장 무서운 사람이 누군지 말했었지?”

“가장 무서운 사람이라고 하시면…?”

“저년! 가장 무서운 사람은 바로 저년처럼 힘을 다스릴 줄
아는 년이야. 스스로는 한없이 나약하지만 어떤 힘이라도 자
신의 것으로 다스릴 줄 아는 년. 그런데 저년은….”

무당은 잠시 호흡을 고르며 주변을 살폈다.

“…저년은 백호를 길들이는 것도 모자라서 그 뒤에 나반의

지극한 보살핌까지 받고 있어. 그 누구도 당해낼 수 없는 무서운 기운이야."

"정말요? 하지만 지금은 임용고시도 떨어지고 편의점 아르바이트를 한다던데요."

"그건 겉으로 드러난 모습일 뿐이야. 저년은 우리를 갈기갈기 찢어 죽이러 온 강세령이 분명해."

"하아! 진짜 세령 아씨가 맞다면… 도망쳐야 하지 않나요?"

여자가 초조한 눈빛으로 입술을 깨물었다. 무당은 잠시 호흡을 고른 후에 나지막하게 속삭였다.

"우리가 어디로 도망칠 수 있겠어?"

"그러면 어떻게 하시려고…?"

"이판사판이야. 우리가 급살 맞아 죽기 싫으면 저년을 죽여버려야지."

"하지만 진짜 세령 아씨가 맞다면… 우리가 감당할 수 있을까요?"

"저년은 아직 자기가 누군지 모르고 있어. 저년이 전생을 알지 못할 때 죽여버려야 해. 저년이 나반의 실체를 알고 전생을 알게 되는 순간… 우리는 모두 죽은 목숨이야."

무당이 매섭게 눈을 치켜떴다.

희망, 신이 보낸 사기꾼

1882년(고종 19년) 4월 17일 초저녁. 한양 광희문 밖 주막.

붉은 고깔을 쓴 여승이 주막 안으로 들어왔다. 평상에 앉아서 술을 마시던 사내들의 시선이 젊은 여승에게 쏠렸다. 부엌에서 국밥을 내오던 주모가 떨떠름한 표정으로 여승을 바라보았다. 여승이 다급하게 주모 앞으로 다가갔다.

"내일 새남터에서 사형을 집행하는 회자수가 왔었는가?"

여승의 말에 주모는 다른 사람들의 눈치를 살피며 부엌으로 들어갔다. 여승이 부엌 안으로 따라 들어갔다.

"제발 부탁일세. 우리 오라버니 마지막 가는 길을 자네가 모른 척하려는 것인가?"

여승의 애절한 말에도 주모는 냉정하게 고개를 저으며 아궁이 앞에 쪼그려 앉았다. 주모는 나뭇가지를 꺾어 아궁이에 집어넣고, 길게 한숨을 내쉬었다.

"아씨. 제발 부탁이니 이제는 찾아오지 마세요. 이러다가 저까지 죽게 생겼어요."

"내 마지막 부탁이라 하지 않는가? 내일 새남터에서 사형을 집행하는 회자수만 만나게 해주면…."

"아씨! 제발 그만하세요! 그런다고 뭐가 달라지겠어요?"

주모가 안타까운 눈빛으로 여승을 바라보았다. 여승은 입술을 지그시 깨물며 눈물을 글썽거렸다. 주모가 거친 손길로 아궁이에 나뭇가지를 집어넣었다. 마른 소나무에 불이 붙으며 세차게 불길이 치솟아 올랐다. 가마솥이 달궈지면서 돼지머리를 삶은 물이 흘러넘쳤다. 여승이 더욱 간절한 눈빛으로 입을 열었다.

"내가 다섯 냥을 더 준비했네."

"아씨! 지금 돈이 문제가 아니라니까요."

"마지막 부탁일세. 우리 오라버니께서 제발 한 번에 돌아가실 수 있도록 도와주게."

"아씨! 제가 하는 말 똑바로 들으세요."

주모가 아궁이 앞에서 벌떡 일어서며 여승을 바라보았다.

"내일 사형 집행을 자처한 회자수는… 김나반입니다."

"김나반이라면… 설마 그…."

"예. 맞습니다. 아씨의 아버님이 때려죽인 광대. 바로 그 광대의 아들 김나반입니다."

주모의 말에 여승은 아무런 말도 하지 못하고 양손으로 입을 가렸다. 주모가 부뚜막의 식칼을 집어 들고, 가마솥 위쪽으로 솟아오르는 돼지머리를 푹푹 찔렀다.

"이제 다 끝난 일입니다. 아씨도 빨리 도성을 떠나세요."

"하나뿐인 오라버니를 두고 내가 그럴 수는 없지. 오라버니를 살릴 희망이 없다면 편안히 눈을 감을 수 있게 해드린다는 희망이라도 있어야지."

"희망이요? 하아 참…. 아직도 희망 같은 게 있을 거라 믿으시나요?"

"믿지 않으면?"

"희망은 신이 보낸 사기꾼이라는 걸 아직도 모르세요?"

주모는 단호한 눈빛으로 끓는 물에 떠 있는 돼지의 눈을 찔렀다. 여승은 입술을 깨물며 돌아섰다. 희망이… 신이 보낸 사기꾼이라 할지라도 마지막까지 그 차가운 손을 놓을 수는 없었다. 여승이 주막의 사립문 밖으로 멀어져갔다. 사립문 너머 좁은 골목길에 푸른 달빛이 쏟아지고 있었다.

평상에서 술을 마시던 사냥꾼이 입맛을 다셨다.

"햐아! 고년 참 어여쁘게 생겼네. 아주 솜털이 보송보송하구나."

사냥꾼은 여승이 사라진 골목길을 바라보면서 다시 술을 들이켰다. 사냥꾼 맞은편 자리에서 술을 마시던 마포나루 사공이 빙긋이 웃었다.

"왜요? 어찌 손목이라도 잡고 싶으세요?"

"허어! 어디 손목뿐인가? 밤길 쏘다니는 여승이야 먼저 차지하는 게 임자 아닌가?"

"그러게요. 참으로 곱상하네요."

사공이 사냥꾼의 말에 장단을 맞추며 입맛을 다셨다. 두 사람이 시시덕거리며 이야기를 나누는 평상 앞으로 주모가 접시를 들고 다가왔다.

"실없는 소리 그만하시고, 이거나 드세요!"

주모가 김이 모락모락 오르는 돼지고기를 술상에 올렸다. 사냥꾼이 돼지고기를 집으며 탐욕스런 눈빛으로 주모를 바라보았다.

"주모는 저 곱상한 여승이 누군지 아는가?"

"알지요. 그것도 징글징글하게 잘 알지요."

주모의 말에 사냥꾼과 사공이 호기심이 가득한 표정을 지었다. 울타리 앞쪽의 평상에서 술을 마시던 사내들도 눈빛을 반짝이며 주모를 바라보았다. 주모가 코를 찡그리면서 사냥꾼 옆의 평상 자리에 털썩 주저앉았다. 사냥꾼이 주모 앞으로 술잔을 건네며 더 은밀한 눈빛을 보냈다.

"허어! 그렇다면 지금 저 여승이 어디에 머물고 있는지도 알고 있는가?"

"진짜 왜 이러세요? 도성 한복판에서 호랑이에게 당하고 싶어서 그러세요?"

"호랑이에게 당하다니? 지금 그게 무슨 말인가?"

사냥꾼이 눈을 껌뻑거리며 의아한 표정을 지었다. 주모가 조심스럽게 술잔을 들이키고 쓸쓸한 미소를 지었다.

"지금 저 아씨 뒤를 따르는 살벌한 호랑이의 기운이 보이지 않으세요?"

"허어! 주모야말로 그 무슨 헛소리를 하는가? 이 도성 한복판에 호랑이라니?"

"저 호랑이… 지금 저 하얀 호랑이가… 진짜 보이지 않으세요?"

주모는 여승이 사라진 골목길을 바라보며 부르르 몸을 떨었다. 맞은편에서 술을 마시던 사공이 낮은 목소리로 주모에게 물었다.

"하얀 호랑이라면… 설마하니 저 여승이…?"

사공의 말에 주모가 고개를 끄덕였다. 사공이 입을 벌리며 부르르 손을 떨었다. 두 사람의 말을 듣고 있던 사냥꾼이 더 궁금한 눈빛으로 사공을 바라보았다.

"아니 도대체 왜들 이러는가? 내가 황악산에 사냥을 다녀온 사이에 무슨 일이 있었는가?"

"형님은 혹시… 훈련도감 나리 댁 소문을 전혀 듣지 못하셨습니까?"

"훈련도감 나리?"

"예에. 훈련도감 나리 댁에서…. 호랑이를 키웠다는 아씨 이야기를 모르십니까?"

"호랑이를 키우는 아씨? 그게 대체 무슨 말인가?"

사냥꾼은 더욱 알 수 없다는 표정으로 사공과 주모를 번갈아 바라보았다. 사공이 몸을 낮추며 나지막하게 속삭였다.

"작년 초겨울에 있었던 일인데 전혀 듣지 못하셨습니까?"

"나는 작년 가을에 집을 떠나서 오늘에야 마포나루에 도착하지 않았는가?"

사냥꾼의 말에 사공이 고개를 끄덕이면서 술잔을 들이켰다. 사냥꾼이 고개를 갸웃거리며 사공을 바라보았다.

"훈련도감 나리는 누구를 말하는 것인가? 가까이 지내는 포수들이 있어서 훈련도감 사정은 좀 알고 있는데…."

"예에. 그 훈련도감에 중군장 나리가 있었습니다. 왜놈들이 주도하는 신식 군대에 반발하다가 관직을 박탈당했는데…."

사공은 주변의 눈치를 살피다가 주모를 바라보았다. 주모는 고개를 저으며 다른 평상에 앉아 있는 사람들을 눈짓으로 가리켰다. 듣는 귀가 많으니 입조심하라는 표정이었다.

잠시 후.

사람들이 떠난 후에 세 사람은 작은 객방으로 들어갔다. 사냥꾼은 자리에 앉자마자 사공을 돌아보았다.

"그래서 그 훈련도감 중군장 나리는 뭐고, 호랑이를 키우는 아씨는 또 뭐란 말인가?"

사냥꾼의 질문에 골똘히 생각하던 사공이 주모에게 고개를 돌렸다. 주모는 방문을 살짝 열고 바깥의 동향을 살폈다. 주막 근처에 사람이 없는 것을 확인한 주모가 조심스럽게 입을 열었다.

　"방금 전에 찾아왔던 분은 중군장 나리의 따님인 세령 아씨라 하지요. 지난겨울에 그 중군장 나리가 파직되고, 얼마 후에 의금부로 압송되면서 집안이 아주 풍비박산이 났는데…."

술에 취한 사형 집행인

주모는 잠시 말을 멈추고 쓸쓸한 눈빛으로 한숨을 쉬었다. 손님이 끊어지고 달빛이 내린 주막 골목은 더없이 적막했다. 주모를 멍하니 바라보고 있던 사냥꾼이 조용히 입을 열었다.

"주모는 그 집안의 일을 어찌 그리 잘 알고 있는가?"

"잘 알 수밖에요. 제가 그 나리 댁에서 부엌일을 오래 했지요. 주인마님이나 세령 아씨나 참 좋은 분들이었는데…."

훈련도감 중군장은 종3품 고위 무관이었다. 하지만 고종 임금은 훈련도감을 없애고 무위영으로 통합하는 군제 개편을 단행하였다. 이 과정에서 강세령의 아버지는 하루아침에 파직되어 민비 세력에게 이를 갈고 있었다.

그러는 사이에 해가 바뀌었다. 머슴 잔칫날이라 불리는 음력 1월 15일 정월 대보름날에, 과천 광대패가 연희판을 벌이면서 일이 터지고 말았다. 광대패는 예년처럼 중군장 집 근처 공터에서 연희를 펼쳤다. 중군장의 사정을 알 리 없는 광대패는 보름달이 떠오르자 더 신명 나게 놀이판을 펼쳤다. 오후 내내 시끄러운 소리를 듣고 있던 중군장은, 초저녁이 되자 더 참지 못하고 광대패의 우두머리를 잡아오라 했다. 관직은 박탈당했으나 훈련도감 중군장의 위세는 살아 있었다. 중군장이 광대패 우두머리를 노려보았다.

"밤이 늦었으니 물러가라는 말을 듣지 못했느냐?"

종3품 중군장의 목소리는 서늘했으나, 광대는 신명이 오른 상태에 술까지 취해 있었다.

"송구하옵니다. 나리. 하오나 이제 막 달이 뜨고 분위기가 한창 달아올라서…."

"더 말하지 않겠다. 당장 판을 파하고 물러가라."

"나리! 이제 환하게 달이 떠서 줄타기가 시작되었는데…."

광대가 고개를 들었다. 중군장의 눈에서 시뻘건 불꽃이 튀었다. 중군장이 사랑채 마루에서 섬돌 아래로 내려왔다. 호랑이의 기운이 느껴지는 서늘한 발걸음이었다. 집안의 하인들은 중군장이 섬돌 아래로 직접 내려오는 것이, 얼마나 무서운 경고인지를 잘 알고 있었다. 하지만 광대는 그 살벌한 호랑이의 살기를 알아차리지 못했다. 중군장이 사랑채 뜰에 서 있는 광대 앞으로 다가왔다.

"네놈이 지금…. 감히! 고개를 뻣뻣이 들고! 나를 바로 보았느냐?"

중군장이 광대 앞으로 바짝 다가섰다. 광대는 그제야 뭔가 잘못되어가고 있다는 것을 깨달았다. 백정 광대는 양반의 얼굴을 정면에서 바라볼 수 없었다. 그것이 조선의 지엄한 법도였다. 중군장이 나지막하게 명령을 내렸다.

"이놈을 쳐라!"

비극의 시작이었다. 하인들은 광대의 우두머리를 멍석에 말아서 몽둥이로 내리쳤다. 다른 해에는 먼저 쌀을 내어 광대패의 흥을 돋워주던 중군장이었다. 하지만 심기가 불편한 중군장에게는 광대들의 태평소 소리와 사람들의 환호성마저 자신을 조롱하는 것처럼 들렸다. 광대의 머리에서 피가 흘러내렸다. 마흔아홉 살의 광대. 나반의 아버지는 너무도 어이없이, 소리 한 번 제대로 지르지 못하고, 주인 잃은 개처럼 죽어갔다.

1882년 4월 18일 낮. 한강변 새남터 사형장.

밧줄에 묶인 사형수 다섯 사람이 군졸들에게 끌려와 모래 위에 꿇어앉았다. 사형수들은 모든 삶의 미련을 내려놓은 듯이 얌전하게 있었다. 사형을 집행하는 관리가 맨 왼쪽의 사형수를 내려다보았다.

"네놈은 아녀자를 겁탈하고 시신까지 토막 내 한강에 버린 놈이렷다."

"그래서? 네놈이 도와준 거라도 있어?"

"허어, 이런 고얀 놈! 이놈을 당장 십자목에 묶어라."

관리의 명령이 떨어지자, 군졸 두 명이 바닥에 쓰러져 있는 십자가에 사형수를 묶었다. 천주교 박해 때 사용하던 십자가는 아주 유용한 사형 도구로 사용되고 있었다. 사형수가 발버둥 쳤으나 거친 군졸들의 손길을 벗어날 수 없었다.

"죄인의 얼굴에 회를 뿌려라!"

관리의 명령이 떨어지자 환술사가 자루에서 하얀 횟가루를 꺼냈다. 사형수들은 얼굴에 횟가루가 뿌려지기 전까지는 살아날 수 있다는 희망이 있었다. 사형 집행장에 끌려와서도 희망을 가지고 있다는 것이 얼마나 어리석은 일인지 사형수들만 모르고 있었다. 얼굴에 새하얀 횟가루가 뿌려지고 나서야 사형수의 마지막 희망은 끔찍한 절망이 되었다. 희망은 가장 섬뜩한 절망이었다. 희망이 구체적일수록 절망은 더 집요하게 파고들었다.

사형수가 침을 뱉으며 저항을 했다. 하지만 환술사는 능숙한 솜씨로 사형수의 얼굴에 횟가루를 꼼꼼하게 뿌렸다. 사형수가 욕을 하며 계속해서 침을 뱉자, 환술사가 횟가루를 다시 꺼내서 사형수의 얼굴을 더 하얗게 회칠해버렸다.

천주교 신자들을 처형할 때는 경건한 죽음이 있었다. 십자가는 하늘을 향해 곧게 세워져 있었고 순교자들은 죽는 순간까지 주님을 찾으며 기꺼이 죽음을 맞이했다. 하지만 잡범들의 처형장 풍경은 개판이었다. 십자가는 바닥에 쓰러져 있고 경건한 기도 대신 험한 욕설만 오고 가는 난장판이었다.

쌍욕을 하던 사형수가 제풀에 지쳐 잠잠해지자 나반이 칼을 들고 앞으로 나섰다. 사형을 집행하는 김나반의 손이 바르르 떨렸다. 관리가 명령을 내렸다.

"죄인의 목을 쳐라!"

나반이 칼을 높이 치켜들었다. 십자가에 묶인 사형수가 발버둥을 쳤으나, 나반의 칼은 사정없이 바람을 갈랐다. 하지만 사형 집행을 처음 해보는 나반의 칼은, 죄인의 목을 단칼에 내려치지 못하고 목에 작은 상처만 남겼다. 사형수가 미친 듯이 소리를 질렀다.

"으아아악! 야이 개새끼야! 돈! 돈 받았잖아! 이 개새끼야!"

사형수의 목에서 피가 흘러내렸으나 목은 잘리지 않았다. 최악의 상황이었다. 사형수가 악을 쓰며 나반을 노려보았다. 환술사가 횟가루를 다시 꺼내 사형수의 얼굴과 목에 뿌렸다. 덜덜 떨고 있는 나반에게 환술사가 다가왔다.

"처음에는 다소 떨릴 수 있어. 이 새끼는 아녀자 셋을 겁탈하고 살인까지 한 놈이야. 그냥 돼지 잡는다 치고 과감하게 내리쳐!"

환술사는 횟가루가 하얗게 묻은 손으로 나반의 어깨를 토닥여주었다. 나반이 덜덜 떨면서 환술사를 바라보았다.

"저기…. 술을 한 사발 더 마셔야겠어요."

"술을 또 마셔? 지금도 많이 취한 거 같은데 그냥 하지?"

"아무래도 너무 떨려서…."

"죄수들의 눈을 보지 말라니까 그러네."

환술사는 안타까운 표정으로 나반을 바라보면서 군졸에게 손짓을 했다. 젊은 군졸이 항아리에서 술을 퍼서 나반에게 넘겨주었다. 나반은 벌컥벌컥 술을 마시고 다시 칼을 집어 들었다. 나반의 칼이 공중으로 높이 올라갔다. 하지만 나반과 사형수의 불행은 쉽게 끝나지 않았다. 나반의 칼이 빗나가면서 사형수의 귀만 살짝 스쳤다. 사형수가 더 발악을 하며 소리를 질러댔다.

"끄으아아악! 이 쓰벌 새끼야! 까으으… 이 쓰벌 잡놈의 개새끼야아!"

환술사가 다급하게 달려와서 사형수의 피가 흐르는 귀와 험악한 입에 횟가루를 뿌려댔다. 그 모습을 지켜보던 다른 사형수들이 웅성거리기 시작했다. 그들은 이미 모든 것을 포기하고 마음을 비운 상태였다. 하지만 나반이 초보 회자수라는 것을 알게 되자, 다음 차례를 기다리는 사형수들의 공포는 극에 달해 있었다.

관리가 떨떠름한 표정으로 나반에게 다가왔다.

"이봐! 자꾸 이렇게 하면 우리 모두 의금부에 끌려가는 수가 있어."

"소… 송구하옵니다. 소인이 너무 떨려서 그만…."

"저기 사형수의 가족들도 지켜보고 있으니, 웬만하면 한 번에 내리쳐. 돈도 받았다면서 깔끔하게 보내줘야지."

관리는 단호한 눈빛으로 나반을 바라보며 자기 자리로 돌아갔다. 환술사가 나반에게 다가와 격려를 해주고 사형수의 얼굴에 다시 횟가루를 뿌렸다. 사형수가 횟가루를 뱉어내며 소리를 질렀다.

"야 이 개새끼들아! 내 목을 치라고! 이건 원! 횟가루로 코를 막아서 숨 막혀 뒈지게 할 거야?"

환술사가 매서운 눈빛으로 사형수가 엎어져 있는 십자목 옆으로 다가갔다.

"야 이 쓰벌 놈아! 제발 부탁이니 가만히 좀 있어. 네놈이 그리 소리를 지르고 노려보니까… 우리 애가 무서워서 자꾸 실수를 하잖아."

"개새끼들 지랄하네. 어디서 저런 초짜를 데려와서 이 지랄이야!"

사형수와 환술사는 서로 쌍욕을 해가면서 사형장을 완벽한 개판으로 만들어가고 있었다. 전옥서에서 나온 관리가 절레절레 고개를 저으며 나반과 환술사를 바라보았다.

1882년 4월 18일 밤. 광희문 밖 주막.

환술사가 객방에 앉아서 술을 마시며 나반을 내려다보았다. 나반은 완전히 술에 취해서 객방 윗목에 엎어져 있었다. 주모가 객방 문을 열고 들어오면서 바깥의 눈치를 살폈다.

"사형을 집행하고 여기에 오면 어쩌자는 거야? 이럴 때는 눈치껏 숨어 있어야지."

주모의 책망에 환술사가 씁쓸한 표정을 지었다.

"누님이 좀 봐주세요. 여기 말고 어디 묵을 곳이 없네요."

"과천으로 그냥 후다닥 넘어가면 되잖아."

"저 인간이 술에 취해서 여기도 간신히 업고 왔어요."

"에흐으 참 나. 그건 그렇고… 돈은 얼마나 받았어?"

주모가 호기심이 가득한 눈빛으로 환술사를 바라보았다. 환술사가 허리에 차고 있던 전대를 가리키면서 손가락 세 개를 펼쳐 보였다. 주모가 입을 삐죽거리며 자리에 앉았다.

"이제 이런 일은 그만해. 아무리 돈이 좋아도 꿈자리가 사나워서 살 수 있겠어?"

"광대로 떠돌다 보면 별별 일을 다 겪는데… 이 정도면 할 만하지요. 이런 기회에 관리들과 안면을 터놓아야 어려울 때 부탁도 할 수 있고요."

"자네야 그렇다 해도, 저 마음 약한 나반이를 계속해서 회자수로 쓸 생각이야?"

주모가 안타까운 표정으로 김나반에게 시선을 돌렸다. 나반은 몸을 바짝 웅크린 채 벽을 바라보며 잠들어 있었다. 환술사가 술잔을 비우며 씁쓸하게 웃었다.

"오늘 하는 걸 보니 어려울 거 같아요. 한 명도 죽이지 못해서 천천암 회자수 어른을 다시 불렀으니 말 다했지요."

"천천암 회자수 어른? 그 양반은 이제 사람 죽이는 회자수 노릇은 그만두지 않으셨나?"

"어쩌겠어요? 사형 집행자로 나서는 걸 모두 꺼려하는 상황이니…."

환술사는 조용히 술을 마시며 씁쓸하게 웃었다.

"그런데 나반이는 한 명도 죽이지 못했다면서…, 왜 저렇게 취해 있는 거야?"

주모가 이해할 수 없다는 듯이 나반과 환술사를 번갈아 바라보았다. 환술사가 안타까운 눈빛으로 술잔을 비우며 나지막하게 속삭였다.

"원래부터 취해 있었어요. 새남터로 내려가기 전부터 계속 떨면서 술만 마셔댔어요."

"그런데 돈은 어찌해서 번 거야? 그렇게 되면 사형수 가족들에게 받은 돈은 그 천천암 회자수 어른에게 드려야 하는 거 아니었어?"

"천천암 어른에게 드렸지요. 그런데 그 어른이 나반이 얼굴을 보고 고개를 갸웃거리면서 누구냐고 물어보더라고요. 그러더니 사형 집행을 한 후에 돈의 절반을 뚝 떼서 저에게 주셨어요."

환술사의 말을 가만히 듣고 있던 주모가 뭔가를 골똘하게 생각했다. 연거푸 술을 마시던 환술사가 벽에 등을 기대며 주모를 바라보았다.

"저기 그런데… 세령 아씨가 오셨었다는 게 대체 무슨 말이래요?"

"으음. 오늘 사형 집행을 하는 회자수가 나반인 줄 모르고, 어제 저녁에 왔더라고."

"그러니까 그 세령 아씨가 왜 오셨었냐고요?"

환술사가 의아한 표정으로 주모를 바라보았다. 주모가 술상 위에 놓인 고등어의 가시를 발라내며 고개를 들었다.

"오늘 처형한 사람 중에, 중군장 댁 도련님이 있었다는 걸 몰랐어?"

"예에? 중군장 댁 도련님이라면? 설마 포도청에서 도망쳤다는…?"

"그래. 결국 다시 잡혀서 오늘 참수형을 당하는 걸 알고, 세령 아씨가 오빠를 만나러 왔었던 거야."

주모가 가시를 발라낸 고등어 살을 환술사 앞으로 밀어주었다. 환술사는 고등어를 우물우물 씹어 먹고 천천히 술잔을 넘겼다. 밤은 점점 더 깊어가고 있었다. 소쩍새 울음이 처량하게 울려 퍼졌다. 환술사가 멍한 눈빛으로 주모를 바라보았다.

"세령 아씨는 절에 들어갔다고 하지 않았나요?"

"절에 들어갔지. 그 인왕산 회자수 어른이 계신 천천암에서 머리를 깎으셨지."

"예? 그 소문이 진짜였어요?"

환술사가 깜짝 놀라서 술잔을 상에 내려놓았다. 주모는 빙긋이 웃으며 고개를 끄덕였다. 환술사는 아쉬운 눈빛으로 고개를 저었다.

"천천암은 남자 스님들만 계신 곳인데, 비구니 스님이 같은 절에 있을 수가 있나요?"

"세령 아씨가 아직 비구니계를 받은 것도 아니고, 무엇보다 천천암은…."

주모는 은밀한 미소를 지으며 환술사의 어깨를 툭 쳤다. 환술사는 맥이 풀려서 눈만 끔뻑거리다가 나반을 보고 간신히 정신을 차렸다. 주모가 침을 삼키며 고등어 생선 살을 다시 정성스럽게 발라서 환술사 앞으로 밀어 놓았다.

"천천암이 일반 암자가 아니라는 걸 모르고 있었어?"

"뭐 대충 소문은 들어서 알고 있는데…. 거기 기도의 영험함이 그리 좋다면서요?"

"기도발이 좋지. 애가 들어서지 않는 젊은 마님들이, 천천암에 가서 백일기도만 올렸다 하면 임신을 하니 점점 더 용하다는 소리를 듣는 것이지."

주모가 더 노골적으로 환술사의 어깨를 어루만졌다. 환술사가 뒤로 물러서며 주모의 손길을 뿌리쳤다.

"이러지 마세요. 나반이가 깨기라도 하면 천벌을 받습니다. 저기 그런데…."

환술사가 나반이 누워 있는 쪽을 흘긋 살피며 조심스럽게 물었다.

"세령 아씨는 그렇게 대놓고 돌아다녀도 되나요?"

"나도 깜짝 놀랐어, 붉은 고깔을 쓰고 오셨더라고. 아마 오늘 새남터 사형장에 갔었을 텐데 거기 스님들은 없었나?"

"글쎄요? 저는 나반이가 몸을 가누지 못하는 바람에 그것을 신경 쓰느라…."

환술사는 연거푸 술을 들이켠 후에 초조한 눈빛으로 나반을 바라보았다. 주모도 걱정스러운 얼굴로 나반에게 시선을 돌렸다. 환술사가 잔에 술을 따르며 길게 한숨을 내쉬었다.

"세령 아씨가 한양에 있다는 걸 알면 나반이가 바로 죽이려고 할 텐데…. 이를 어쩌면 좋을까요?"

"그러니까 자네가 나반이를 데리고 서둘러서 과천으로 넘어가. 세령 아씨도 그 도련님의 시신을 수습하면 한양을 곧 떠나겠지."

주모가 측은한 눈빛으로 나반을 바라보았다. 서늘한 바람이 객방 문에 몰아쳤다. 주모가 자리에서 일어나 문을 열었다. 짙은 구름이 달을 가려서 세상은 칠흑같이 어두웠다. 주막 안뜰과 골목길에 빗방울이 쏟아지고 있었다. 자정이 넘어가면서 빗줄기는 점점 더 거세졌다. 주모는 안방으로 넘어가고, 환술사는 빗소리를 들으며 스르르 잠이 들었다.

깊은 잠에 빠져 있던 환술사가 서늘한 기운에 눈을 떴다. 나반이 봇짐을 등에 짊어지고 떠날 채비를 하고 있었다. 환술사가 깜짝 놀라서 자리에서 일어났다.

"나반아!"

"형님 일어나셨어요? 그냥 조용히 떠나려고 했는데…."

"떠나다니? 갑자기 혼자서 어딜 가겠다는 거냐?"

"어제 새남터 처형장에서 결심했어요. 이 복잡한 한양을 떠나서 그냥 자유롭게 살아보고 싶어요."

나반이 씨익 웃으며 객방 문을 나서려고 했다. 환술사가 다급하게 나반의 다리를 잡았다.

"나반아! 갈 때 가더라도 영인암 풍물놀이만이라도 해주고 가야지."

"제가 없어도 충분히 할 수 있잖아요. 저는 이제 풍물놀이나 회자수 노릇 이런 거 안 하고 싶어요."

"나반아. 그게 아니라…. 영인암 무당이 네가 꼭 와야 한다고 신신당부를 했어. 그래서 쌀도 서 말이나 받은 건데…."

"그건 형님이 알아서 하세요. 저는 자유롭게 그냥 훌훌 떠나고 싶어요."

나반은 환술사를 조용히 떼어놓고 방문을 열었다. 날은 어느새 맑게 개어 찬란한 아침 햇살이 떠오르고 있었다. 마루 아래에 엎드려 있던 백구가 나반을 보고 반갑게 꼬리를 흔들었다. 밤새 오던 비가 그치고 햇살이 반짝였다.

나반이 마루에서 내려와 섬돌 위에 놓인 짚신을 신고 신발 끈을 매고 있을 때. 세령이 사립문을 열고 주막 안뜰로 들어왔다. 부엌에서 물동이를 들고 나오던 주모가 깜짝 놀라서 멈춰 섰다.

"아씨! 이렇게 이른 시각에 어인 일로 오셨어요?"

"아! 주모. 마침 잘됐네. 여기에 혹시… 어제 사형을 집행한 김나반이 머물고 있는가?"

세령의 말을 듣고 있던 주모가 깜짝 놀라서 나반을 돌아보았다. 짚신 끈을 고쳐매고 있던 나반이 고개를 번쩍 들었다.

"내가 김나반인데 어쩐 일로…?"

나반이 세령 앞으로 다가왔다. 세령은 나반의 눈을 마주치는 순간 숨을 쉴 수가 없었다.

'사람의 눈이… 사람의… 눈이… 어쩌면 저리도 맑을 수 있을까?'

인연의 틈새

세령은 아무 말도 하지 못하고 멍하니 나반을 바라보았다. 참을 수 없는 떨림이었다. 설렘은 시공간을 뛰어넘는 인연의 틈새를 발견했을 때 찾아오는 먹먹함이었다.

'내가 이 사람을 어디에서 보았던가?'

세령은 떨리는 마음으로 조심스럽게 입을 열었다.

"아아! 자네가 김나반인가?"

세령이 자신도 모르게 경계심을 풀고 김나반 앞으로 다가섰다.

"반갑네. 내가 자네를 꼭 만나서 할 이야기가 있었네."

세령은 환한 얼굴로 김나반을 바라보았다. 하지만 김나반은 매서운 눈빛으로 세령을 노려보았다.

"자네? 하아, 참 나. 이 미친년이 아침부터 죽으려고 환장을 했나?"

나반의 살벌한 눈빛을 보고 세령이 흠칫 놀라 뒤로 물러섰다. 주모가 다급하게 두 사람 앞으로 다가왔다. 주모는 어찌할 바를 몰라서 두 손을 내저으며 나반과 세령 사이로 끼어들었다. 나반이 주모의 손을 뿌리치며 세령을 더 매섭게 노려보았다.

"보아하니 나이도 어린 비구니 중 년이 어찌 이리 건방진 것이냐? 네년이 민비의 수양딸이라도 되는 것이냐?"

주모가 나반의 어깨를 살짝 어루만지며 간곡한 표정으로 말했다.

"하이고오! 나반 도령! 지금 이렇게 함부로 말하면 안 되는 것일세."

"주모께서는 이년이 하는 말을 듣지 못해서 그러십니까?"

"그게 아니라 이분이 누구시냐면…."

"누구긴 누구겠어요? 딱 보아하니 오갈 데 없어서 머리 깎은 비구니 중 년이지. 젊은 년이 아침부터 찾아와 반말을 지껄이는 걸 보고도 그런 말을 하십니까?"

나반이 소리를 지르자 주모가 세령의 손을 잡고 부엌 쪽으로 이끌었다. 나반은 더 기세가 등등하여 세령 쪽으로 다가갔다.

"네 이년 게 섰거라! 보아 하니 팔자가 기구하여 중 년이 된 듯한데, 천하디 천한 중 년이 되었으면 염불이나 하고 찬밥이나 얻어갈 것이지, 어디서 아침부터 싸돌아다니는 것이냐?"

나반은 세령의 등이라도 후려칠 듯한 기세였다. 주모가 세령을 감싸안았다. 그때 객방 문이 벌컥 열리고 환술사가 뛰어나왔다.

"하이고오! 우리 나반 도령께서 아침부터 왜 이리 화가 나셨을까?"

환술사가 재빠르게 섬돌 아래로 내려오자, 주모가 세령을 부엌 안으로 밀어 넣으면서 양팔로 막아섰다.

"어이쿠야! 자네 마침 잘 나왔네. 지금 뭔가 오해가 있었던 듯한데…. 자네가 나반 도령을 좀 잡아주게."

"허어! 아니 우리 착한 나반 도령이 대체 왜 이러시나?"

환술사가 다급하게 나반을 잡으며 어깨를 토닥였다. 나반은 환술사의 손에 이끌려 객방 마루에 앉으면서도, 부엌에 있는 세령을 노려보았다.

잠시 후.

환술사가 나반을 객방으로 끌고 들어간 사이에, 주모는 부엌에서 세령의 눈치를 살폈다.

"아씨! 저 김나반이 누구의 아들인지 몰라서 이러세요?"

"내가 왜 모르겠나? 과천 사당패 광대 우두머리의 아들이 아닌가?"

"그걸 아는 분이 지금 김나반을 찾으시면 아니 되지요."

"언제까지 피할 수만은 없지 않은가? 어제 우리 오라버니를 편안히 눈감게 해주었으니 고맙다는 인사도 해야 하고…."

세령의 말에 주모는 어이가 없다는 듯이 멍한 표정을 지었다. 객방 앞에 쪼그려 앉아 있던 하얀 개가 부엌으로 다가와 주모와 세령을 바라보았다. 세령이 손을 내밀자 개는 온몸의 털을 곤두세우며 날카로운 이빨을 드러냈다. 주모가 나뭇가지를 집어 들어 개를 쫓아버리며 소리쳤다.

"아니 저 개새끼마저 미쳐버렸나? 그리 얌전하던 것이 왜 저리 으르렁거리고 지랄이야?"

"자기 주인과 같은 마음인가 보네. 내가 마음에 들지 않는 것이겠지."

"설마요? 나반 도령을 잘 따르는 건 사실이지만 저렇게 이빨을 드러내는 모습은 처음 보네요."

백구는 객방의 섬돌 앞에 엎드려 있으면서도 이따금씩 세령을 바라보며 으르렁거렸다. 그러는 사이에 객방 문이 열리고 환술사가 마루로 나왔다. 주모가 초조한 눈빛으로 환술사에게 다가갔다.

"어떤가? 나반 도령은 진정이 되었나?"

"예. 뭐 원래 얌전한 사람이잖습니까? 아침부터 낯선 여인이 찾아와 자신의 이름을 부르며 자네 어쩌니 하니 기분이 나빴나 봐요."

환술사가 쓸쓸한 표정으로 부엌 안에서 떨고 있는 세령을 바라보았다. 세령이 부엌문 뒤로 몸을 숨겼다. 주모가 나지막하게 속삭였다.

"아씨께서 나반 도령에게 부탁할 것이 있나 봐."

"부탁이라니요?"

"어제 새남터에서 인왕산 회자수 어른이 칼을 잡았다고 하지 않았나?"

"예에 그랬지요. 나반이가 겁을 먹고 칼을 제대로 내리치지 못해서, 그 어른이 급히 내려오셔서 사형을 집행했지요."

"그래. 바로 그 회자수 어른이 말씀하시기를…."

주모는 누가 들으면 큰일이라도 난다는 듯이 환술사 옆으로 바짝 다가앉았다. 환술사가 주변의 눈치를 살피며 귀를 기울였다. 주모가 들릴 듯 말 듯 작은 소리로 속삭였다.

"그 어른이 세령 아씨 오빠의 시신을 수습해주면서, 억울하게 죽은 가족들의 원한을 풀어주려면…. 나반 도령을 만나보라고 했다는 거야."

"아니 그게 무슨 말이래요?"

"낸들 알 수 있겠나? 다만 우리 아씨께서 나반 도령과 조용히 이야기를 나눴으면 하니 자리를 마련해주면 좋겠네."

"그리해도 될까요? 그렇지 않아도 나반이가 저 비구니는 누구냐고 물어보기에 대충 둘러대기는 했는데…."

환술사가 떨떠름한 얼굴로 부엌 쪽으로 다시 고개를 돌렸다. 주모가 잠시 무엇인가를 생각하다가 객방을 흘깃 바라보며 속삭였다.

"내가 아씨를 모시고 안방으로 들어갈 테니, 자네는 나반 도령을 데리고 따라 들어오도록 하게."

주모는 마루에서 내려가 부엌으로 다가갔다. 주모가 손짓을 하자 세령이 조용히 밖으로 나와서 안방으로 들어갔다. 환술사도 객방 문을 조심스럽게 열고 나반을 데리고 나와서 안방으로 향했다.

세령은 아랫목에 앉고 나반은 윗목에 앉았다. 주모와 환술사가 그 사이에 앉아서 양쪽의 눈치를 살폈다. 나반이 먼저 조심스럽게 입을 열었다.

"귀한 양반댁 따님인 줄 모르고 소리부터 쳐서 미안하오."

나반의 말에 세령이 조심스럽게 고개를 들었다.

"아닐세. 전후 사정을 자세히 설명했어야 하는데, 내가 급한 마음에 인사를 제대로 하지 못했네."

"그건 그렇고 아침부터 나를 찾아오신 연유가 무엇이오?"

"흐음, 그러니까 그것이…."

세령이 간절한 눈빛으로 주모를 바라보았다. 주모가 어정쩡한 표정으로 나반과 세령을 번갈아 돌아보았다.

"아씨께서 말씀하시기 어려우면 제가 말을 전할까요?"

"아닐세. 이왕 이리 한자리에 모였는데 내가 말하겠네."

세령은 잠시 뜸을 들이다가 천천히 입을 열었다.

"어제 새남터에서 돌아가신 우리 오라버니를 내가 머물고 있는 천천암으로 모셨네. 그런데 사형을 집행한 회자수 노인이 어젯밤에 나를 찾아와서… 자네 이야기를 해줬네."

"사형을 집행한 회자수 노인? 그 노인이 왜요?"

"자세한 연유는 잘 모르겠는데, 그 노인이 젊을 때부터 많은 사람을 처형하다 보니… 어느 순간 죽은 사람들의 목소리가 들리는 것 같다고 하였네."

세령의 말에 나반이 고개를 번쩍 들었다. 환술사도 호기심이 가득한 눈빛으로 세령을 바라보았다. 세령이 주모의 눈치를 살폈다. 주모가 고개를 끄덕이자 세령이 말을 이어갔다.

"그 회자수 노인이 말하기를, 자신이 처형한 사람들이 꿈에 보여서 늘 괴로웠는데…. 어제 새남터에서 자네 눈빛을 마주하는 순간, 한평생 간절하게 찾던 사람을 만난 것 같다고 하였네."

나반이 황당한 표정으로 세령을 뚫어지게 바라보았다. 세령이 살짝 얼굴을 붉히며 고개를 숙였다.

"그 노인은 자신이 목을 자른 귀신들에게 짓눌려 살고 있네. 하여 그 두려움을 풀어줄 사람을 만나게 해달라고 간곡히 빌었다네."

"허어. 그게 대체 무슨 말인지 모르겠네요. 나는 어제 너무 무서워서 술에 취해 있었고, 그 노인을 본 것도 처음인데 내 이름은 또 어찌 알고…?"

나반의 말을 듣고 있던 환술사가 머리를 긁적이면서 조심스럽게 말했다.

"저기 그게 사실은… 나반이 자네에 관한 이야기는 내가 자세히 말씀드렸지."

환술사의 말에 나반은 아무 말도 하지 못하고 쓸쓸하게 웃었다. 방 안에 미묘한 침묵이 흘렀다. 바깥에서 인기척이 느껴지자 주모가 방문을 열었다. 주모가 손님을 맞으러 나가고 나서 세령이 천천히 나반을 바라보았다.

"나도 사실은 그 노인의 말을 잘 이해하지 못했네. 헌데 자네를 처음 보는 순간… 두려움을 풀어준다는 말이 무엇인지 바로 알 수 있었네."

세령의 말을 듣고 있던 나반이 고개를 들었다. 세령이 나반의 눈을 피하지 않고 조심스럽게 바라보았다.

1882년 4월 20일 아침. 광희문 밖 장터.

환술사가 탁자 위에 하얀 천을 펼치며 나반을 돌아보았다.

"세령 아씨가 또 찾아왔어?"

"예에. 그 여자 진짜 양반집 딸이 맞아요? 도대체 부끄러운 줄도 모르고 계속 부탁을 하네요."

"천천암이 여기서 먼 곳도 아닌데 자네가 한 번 가보는 게 어떨까?"

"내가 왜 그래야 합니까? 마포나루 사공 형님에게서 연락이 오면 나는 바로 떠날 겁니다."

나반은 백구의 머리를 쓰다듬으면서 환술사의 탁자 옆에 앉았다. 환술사는 갈색 자루 안에서 약재가 담긴 주머니들을 하나씩 꺼내기 시작했다. 장터를 오가는 사람은 많지 않았다. 환술사는 약재를 조금씩 꺼내서 마른 연잎 위에 올려놓았다.

"에휴우. 이걸 다 팔아봤자 보리쌀 세 바가지도 안 되는데, 자네는 세령 아씨 부탁 한 번 들어주면 쌀이 한 말 아닌가? 어제 죽은 세령 아씨 오라버니의 시신에 장작불만 붙여주면 된다면서?"

"그렇게 좋으면 형님이 가서 하세요. 모가지가 잘린 시신을 내가 왜 보러 갑니까?"

"나를 찾으면 진작에 갔지. 세령 아씨의 오라버니 머리가 새남터 모래밭에 떨어졌을 때, 내가 정성을 다해 수습도 해줬는데…."

환술사는 인왕산 천천암 쪽을 바라보며 아쉬운 표정을 지었다. 세령은 새남터에서 참수형을 당한 오빠의 시신을 화장하기 위해 연화대를 만들었다. 천천암 회자수 노인의 말을 들은 후부터, 세령은 나반이 연화대에 첫 불을 지펴주면 극락왕생을 할 것이라는 믿음을 갖고 있었다. 하지만 나반은 주막으로 찾아오는 세령을 만나려고도 하지 않았다. 환술사가 조심스럽게 나반을 돌아보았다.

"그런데 자네 왜 그렇게 세령 아씨와 말도 하려고 하지 않는 건가?"

"사람 싫은 데 연유가 있나요? 그냥 얼굴도 보기 싫어요."

"허어 그것 참! 아니 복숭아꽃보다 어여쁜 세령 아씨가 보기도 싫다는 게 말이 되나?"

"복숭아꽃인지 살구꽃인지 그런 거 모르겠고…. 그 여자가 안고 다니는 그 고양이 눈깔부터가 너무 싫어요."

나반은 진저리를 치며 고개를 저었다. 환술사는 입맛을 다시며 멍한 표정을 지었다.

"세령 아씨 그 하얀 고양이? 나는 그 고양이를 보면 왠지 모르게 신령스러운 느낌이 들던데…."

"형님이 뭐라 해도 나는 싫어요. 무엇보다 우리 백구가 그 여자와 고양이를 너무 싫어하니 더 정이 안 가요."

나반이 무릎 아래로 파고드는 백구의 머리를 사랑스럽게 쓰다듬었다. 환술사는 하얀 천 위에 약재를 펼쳐놓으며 나반의 눈치를 살폈다.

"저기 나반 도령! 거기 그렇게 앉아만 있지 말고, 사람들의 관심을 끌 수 있게 뭐라도 좀 해보게나."

"형님 진짜 왜 이러세요? 나는 이제 광대 노릇은 하지 않는다니까요."

"그러지 말고 그 뭐냐? 그래 그 작술! 작대기를 짚고 하늘로 날아오르는 그 작술이라도 잠깐 해줘."

"여기서 작술을 해요? 대나무도 없는데?"

나반의 말에 환술사는 빙긋이 미소를 짓더니, 건어물 장사 천막 뒤편에서 긴 대나무 하나를 가져왔다. 나반은 어이가 없다는 듯이 허탈하게 웃었다. 점심때가 가까워지자 오가는 사람들이 조금씩 늘었다. 환술사의 부탁에 나반은 마지못해 대나무를 잡았다.

"그럼 딱 다섯 번만 하겠습니다. 진짜로 더 해달라고 하면 안 돼요."

"그래 알았어. 일단 사람들만 모여들게 해줘."

나반은 잠시 망설이다가, 대나무 한쪽 끝을 잡고 공중으로 날아올랐다. 나무 끝의 정점에 오른 나반은 한동안 숨을 멈추고 그대로 가만히 있었다. 그리 긴 시간이 아니었지만 나반이 공중에 멈춰 있으면 시간이 정지된 듯 온 세상이 적막해졌다. 사람들이 움직이지도 못하고 멍하니 있을 때 나반은 살포시 땅으로 내려앉았다. 나반이 땅에 발을 딛자, 백구가 나반 옆으로 달려가서 공중에서 한 바퀴 휘이 돌았다.

대나무를 이용한 나반의 공중돌기 작술과 백구의 공중회전은, 사람들의 이목을 끌기에 충분했다. 약을 파는 환술사 앞으로 사람들이 모여들었다. 환술사가 큰 소리로 떠들어댔다.

"자아! 여기를 잠깐 봐주셔! 지금 저 빼빼 마른 도령과 저하얀 개가! 어쩌면 저리 날렵할까 궁금하지? 그건 바로! 묘향산에서 가져온 이 신비의 약재를 달여 먹고 나서…."

환술사의 약장사는 금세 분위기가 달아올라서, 탁자 앞에 많은 사람이 몰려들었다. 환술사는 더욱 신이 나서 약재에서 우려낸 붉은 물을 사람들에게 따라주었다. 사람들이 환술사가 주는 물을 마시며 고개를 끄덕거렸다. 환술사의 약재는 날개 돋친 듯이 팔려나갔다. 환술사가 마지막 남은 약재를 탁자 위에 꺼내놓았을 때, 곰 발바닥만 한 시커먼 손이 탁자를 내리쳤다.

"오호! 이 쥐새끼 같은 놈! 오늘 드디어 만나는구나!"

사내가 환술사의 멱살을 움켜잡았다. 너무 순식간에 일어난 일이었다. 환술사가 정신을 차렸을 때는 그의 몸이 공중에 대롱대롱 매달려 있었다. 사내가 눈을 부라리며 호통을 쳤다.

"야 이 사기꾼 놈아! 너 내가 누군지 알지?"

"흐어이고오! 형니임! 일단 이 손을 좀 놓으시고…."

"긴말 필요 없어. 너 이 새끼! 우리 아내에게 사기 친 돈이나 내놔!"

사내가 오른손으로 환술사의 멱살을 잡고 왼손으로 환술사의 상투를 틀어잡았다. 환술사는 공중에 매달려 고통스러운 표정을 지었다. 백구가 사내에게 달려들었으나, 억센 발길질에 맥없이 나가떨어졌다. 나반이 긴 대나무를 이용해 사내의 등짝을 후려쳤다. 하지만 사내는 꿈쩍도 하지 않고, 나반의 옆구리를 발로 걷어찼다. 사내가 환술사의 멱살을 잡은 채 바닥에 쓰러진 나반을 찍어 누르려고 했다. 그때였다.

"웬 미친 놈이! 이런 한낮에 사람을 해치려는 것이냐?"

머리를 곱게 빗은 젊은 무당이 사내를 노려보고 있었다. 사내는 환술사를 장터 바닥에 집어던지고, 무당을 향해 달려들었다. 무당이 날렵하게 옆으로 피했다. 사내가 다시 무당을 향해 주먹을 날렸다. 무당이 옆으로 몸을 돌리는 사이에, 옆에 있던 죽장을 든 무사가 사내의 머리를 내리쳤다.

"끄으허어엇!"

사내가 비명을 지르며 무릎을 꿇었다. 무사가 사내의 뒤통수를 세게 후려갈겼다. 사내가 둔탁한 소리를 내며 바닥에 쓰러졌다. 환술사가 정신을 차리고 일어나서 사내의 등을 밟아 댔다.

"이 곰같은 쉐키! 이 나쁜 쉐키!"

씩씩거리며 사내를 걷어차고 있던 환술사 앞으로 무당이 다가왔다. 무당이 살포시 웃으며 환술사의 팔을 잡았다.

"이제 그만하세요. 보는 눈이 많습니다."

환술사가 주변의 눈치를 살피며 뒤로 물러섰다.

"영인암 만신이 시장에는 어인 일이신가?"

"오라버니가 걱정이 되어 지켜보고 있었지요. 그 약은 또 어디서 만드셨어요?"

"헤헤! 이거야 뭐…."

환술사가 얼굴을 붉히면서, 탁자 위에 놓여 있던 약재들을 자루에 쏟아 넣었다. 환술사의 행동을 가만히 지켜보던 무당이 조용히 입을 열었다.

"혹시 저쪽에 대나무를 들고 멍하니 서 있는 사람이… 김나반인가요?"

"어? 어어 그렇지. 저기 하얀 개 백구하고 같이 있는 그 사람이야."

환술사가 담장 아래에 앉아 있는 나반을 가리켰다. 무당이 긴장된 눈빛으로 나반을 바라보았다.

2화 여사제

두려움의 실체

무당은 고개를 갸웃거리며 환술사에게 고개를 돌렸다.

"저 사람이 뭐가 그리 무서운가요? 겉으로 드러난 행색으로 봐서는 그냥 광대일 뿐인데….."

환술사가 약을 팔던 탁자를 정리하면서 코웃음을 쳤다.

"허어! 이거야 원. 죽은 사람과도 말이 통한다는 우리 만신님이, 그렇게 사람 보는 눈이 없는가?"

"글쎄요? 나는 아무리 봐도 잘 모르겠어요."

"조금 이따가 이리로 가까이 오면 그 눈빛을 유심히 살펴보시게. 내가 공연히 하는 말이 아니라는 걸 알게 될 거야."

환술사는 재빠른 동작으로 짐을 모두 정리하고 자리에서 일어났다. 죽장을 든 무사가 무당에게 다가와서 바닥에 쓰러진 사내를 가리켰다. 무당은 신경 쓸 필요 없다는 듯이 고개를 저었다.

"저런 시정잡배가 어디 한둘인가? 오라버니 모시고 영인암으로 갈 것이니 길이나 트도록 하게."

무사가 허리를 숙이고 앞장을 섰다. 환술사가 나반 옆으로 다가갔다.

"주막집에 계속 머무는 것도 지겹지? 오늘은 영인암으로 올라가서 머물도록 하세나."

"형님이나 가세요. 나는 마포나루 소식을 들으려면 주막에 있어야 합니다."

"허어, 그 참 고집도 어지간하네. 영인암에 가서 노잣돈을 벌어서 떠나도 늦지 않으니…."

"형님이나 가세요. 나는 저런 무당 년들하고 어울리고 싶지 않아요."

나반은 무당을 바라보며 큰 소리로 말했다. 환술사가 당황스런 표정으로 무당을 돌아보았다. 무당이 빠른 걸음으로 나반에게 다가왔다. 무당의 눈빛은 매우 서늘했다.

"지금 뭐라고 하셨나요?"

무당이 표독스럽게 나반을 노려보았다. 나반은 무당을 쳐다보지도 않고 혀를 찼다.

"허어! 중 년이 설치더니 이제 무당 년까지 덩달아 같이 날뛰고 있네."

나반의 말에 무당의 호위무사 표정이 일그러졌다. 무당이 무사를 뒤로 물러나게 하고 나반 앞으로 더 바짝 다가섰다.

"지금 무당 년이라고 하셨나요? 설마하니 나를 보고 하시는 말씀이세요?"

"지금 내가 너 같은 것들과 어울리고 싶지 않으니 너는 네 갈 길 가거라."

나반은 무당을 쏘아본 후에 자리에서 벌떡 일어났다. 백구가 무당을 보며 으르렁거렸다. 환술사가 당황한 표정으로 나반의 팔을 잡았다.

"이 사람아! 내 얼굴을 봐서라도 이러면 안 되지."

환술사가 간곡한 눈빛으로 나반을 바라보았다. 하지만 나반은 뒤도 돌아보지 않고 사람들 사이로 멀어져갔다.

1882년 4월 27일 저녁. 남산 영인암 살림채 안방.

무당이 환술사를 뚫어져라 바라보았다.

"오라버니. 저는 아무리 봐도 김나반이라는 그 인간을 모르겠어요."

"나반을 모르겠다니 그건 무슨 말인가?"

"오라버니께서 그러셨잖아요. 김나반의 눈을 보면 두려움의 실체를 알게 될 것이라고…. 하지만 저는 아무것도 알 수가 없던데요."

"허어! 그거 참 이상한 일일세. 천천암 회자수 어른은 단번에 알아보시던데…."

환술사가 고개를 갸웃거리며 짧게 한숨을 내쉬었다. 무당이 환술사 앞으로 바짝 다가앉았다. 환술사가 당황스러운 눈빛으로 몸을 살짝 돌렸다. 무당이 살포시 웃으며 환술사 앞으로 더 가까이 다가갔다.

"천천암 회자수 어른이 뭐라고 하셨는데요?"

"그러니까 그게… 두려움의 실체를 풀어줄 사람을 드디어 찾았다고, 아주 무릎이라도 꿇겠다는 눈빛이셨어."

"두려움의 실체를 풀어줄 사람?"

"그래. 나뿐만 아니라 세령 아씨에게도 그런 말을 하셨다고 들었네."

환술사의 입에서 '세령 아씨'라는 말이 나오자 무당의 표정이 일그러졌다. 무당이 환술사를 매섭게 노려보았다.

"오라버니는 지금도 세령 아씨를 만나세요?"

"그런 분을 내가 만나고 싶다고 만날 수 있나?"

"그런데 왜 갑자기 그 아씨 이야기를 하세요?"

"그 세령 아씨가 나반이를 계속 찾아오고 있어."

환술사의 말을 듣고 있던 무당이 의아한 표정을 짓자, 환술사는 그동안에 있었던 일을 자세히 설명했다. 무당은 절레절레 고개를 저으며 입술을 지그시 깨물었다.

"오라버니, 세령 아씨와 무슨 일이 있는 건 아니지요?"

"내가 몇 번을 말해야 알아듣겠나? 그 댁이 아무리 멸문지화를 당하고, 아씨께서 비구니 승이 되었다고는 하나…."

환술사는 잠시 말을 멈추고 천장을 올려다보며 길게 한숨을 내쉬었다.

"내가 어찌 그 아씨를 똑바로 바라볼 수나 있겠는가?"

무당은 환술사의 그런 모습이 마음에 들지 않는다는 듯이 매섭게 눈을 치켜떴다. 두 사람 사이에 한동안 어색한 침묵이 흘렀다. 날은 조금씩 어두워지고 있었다. 환술사가 살짝 열린 문밖을 내다보며 조심스럽게 입을 열었다.

"그나저나… 부처님 점안식을 한 후에 이곳을 진짜 암자로 바꿀 생각인가?"

"그래야죠. 내가 오라버니 도움으로 무당 노릇을 하면서 죽어라 점을 치고 굿을 해봤자, 천천암에서 양반대갓집 백일기도 한 번 해준 것만도 못 벌어들이니…."

"그리 생각하면 안 된다니까 그러네. 그냥 우리는 우리가 잘하는 걸 하면 돼."

환술사가 간곡한 표정을 지었지만 무당은 단호한 눈빛으로 말했다.

"우리라고 못할 게 뭐 있어요? 부처님을 새로 모셔서 불상의 눈에 점을 찍는 점안식을 하고 나면, 우리도 당당한 사찰이 될 수 있어요."

"하지만 목불상 눈에 점을 찍는다고 해서 사람들이 쉽게 오지는 않는 법이야."

"아니에요. 오라버니가 그동안에 했던 것처럼 한양 이곳저곳을 돌아다니며 소식을 알아오시면, 우리도 큰돈을 벌 수 있어요."

무당이 당당한 눈빛으로 환술사를 바라보았다. 하지만 환술사는 어둠이 내려앉은 뜰을 바라보며 고개를 저었다. 무당은 환술사가 무엇을 걱정하는지 잘 알고 있었다. 부처님 한 분을 법당에 모신다고 해서 사람들이 그냥 찾아오지는 않았다. 그래서 무당 집으로 소문난 영인암의 인식을 벗기 위해서, 백련사로 이름을 바꾸고 반년 넘게 대대적인 개보수를 하면서 그 어떤 점술도 치지 않고, 굿판도 벌이지 않고 있었다. 한동안 말이 없던 환술사가 천천히 무당을 돌아보았다.

"우리는 지금까지 해온 대로 그냥 무당집을 해나가는 것이 어떻겠는가?"

"오라버니! 진짜 왜 그러세요? 큰돈벌이가 눈앞에 있는데 그걸 포기해요?"

"당장 먹고살기가 너무 어려워서 그렇지. 자네가 점도 치지 않고 굿도 하지 않으니…."

환술사가 말을 멈추고 안타까운 눈빛으로 무당을 바라보았다.

"내가 양반대갓집 마님들의 은밀한 소식을 아무리 알고 있다 한들, 돈을 벌 수가 없지 않은가?"

"그런 소리 하지 마세요. 오늘도 장터에서 약을 팔아 돈을 벌었고, 사형장 회자수도 해서 돈을 벌잖아요."

"에휴우! 그런 말 말게나. 그게 어디 사람이 할 짓인가?"

"사람이 할 짓?"

무당이 서늘한 눈빛으로 환술사를 바라보았다.

"오라버니! 조선 땅에서 팔천으로 살아가는 우리가 언제는 사람이었던가요?"

"허어! 아니 새삼스럽게 왜 그런 말을…?"

"제 말이 틀렸어요? 승려, 사노비, 상여꾼, 백정, 기생, 광대, 공장, 무당이…. 이 조선 땅에서 사람이었던가요?"

무당의 처연한 눈빛 앞에서, 환술사는 아무 말도 하지 못하고 다시 길게 한숨을 내쉬었다. 환술사는 답답한 마음을 어쩌지 못하고 자리에서 일어나 방문을 활짝 열고 마루로 나갔다. 시원한 바람이 안뜰을 지나 마루를 스쳐갔다. 환술사가 동쪽 하늘의 반짝이는 별을 바라보며 나지막하게 속삭였다.

"천천암과 같은 백일기도 도량이… 우리 뜻대로 쉽게 이뤄질 수 있겠는가?"

"오라버니! 사람들이 왜 점을 치고 돌부처에게 절을 올리고 … 저 잡스러운 서양 오랑캐 야소에게 매달리는지 진짜 모르세요?"

"그거야 앞날이 불안하고 걱정이 되니까…."

"그래요. 죽음을 팔아 장사를 하려면 그 누구보다 뻔뻔해야죠. 가족이 병에 들어 죽어갈 때 돈을 뜯어내고, 무지한 인간들의 두려움이 극에 달하게 만들어야죠."

무당의 눈이 서늘하게 변해갔다. 환술사는 점점 더 무섭게 변해가는 무당의 모습이 안타까웠다. 종교를 아무리 거창하게 포장해도 결국은 죽음을 팔아먹는 장사였다. 사람들의 두려움을 이용하여 돈을 뜯어내기 위해 혈안이 되어 있으면서도 가장 고귀한 척 위선을 떠는 것이 종교였다.

환술사는 불교나 도교, 그리고 서양 야소교에 치를 떨면서도 종교보다 더 이익이 큰 장사가 없다는 생각을 하고 있었다. 환술사가 오묘한 눈빛으로 무당을 바라보았다.

"영인암을 백련사로 이름을 바꾸면 진짜 큰돈을 벌 수 있겠는가?"

"그럼요. 궁궐부터 전옥서 감옥까지 어디든 드나드는 오라버니가 있으시니…."

무당이 말을 멈추고 간곡한 눈빛으로 환술사를 바라보았다. 환술사는 고개를 끄덕이면서도 조심스러운 눈빛이었다.

"양반집 젊은 마님들이, 천천암에서 백일기도를 올리고 나서 아이를 갖는 것은 부처님의 영험함이 아니라…. 그곳 젊은 스님들의 왕성한 혈기 덕분이지."

"그러니까요. 우리도 얼마든지 그런 일을 만들 수 있어요."

"글쎄다. 방법이야 만들면 되지만, 남들이 못한 일을 우리가 해보는 것이 어떠하겠는가?"

환술사가 눈빛을 반짝거리며 무당을 돌아보았다. 무당이 호기심이 가득한 표정으로 환술사 앞으로 바짝 다가앉았다. 환술사가 불이 꺼진 법당과 밤하늘의 별을 물끄러미 바라보았다.

"자네는 혹시 동묘 사당에 가본 적이 있는가?"

"동묘 사당이라면… 관우 장군을 모신 사당을 말씀하시는 건가요?"

"그렇지. 그곳에 중전마마께서 다녀가신 후에 점점 더 많은 사람이 찾아온다고 하네."

"갑자기 그 말씀을 하시는 연유가…?"

"지금 흥선대원군이 실각하신 후에 중전마마가 왕실의 내탕금을 흥청망청 쓰고 있다는 걸 알고 있는가?"

환술사의 질문에 무당이 고개를 끄덕였다. 환술사가 지극한 눈빛으로 무당을 바라보았다.

"자네는 조선 최고의 무당이 되고 싶은가?"

"할 수만 있다면 그리되고 싶지요."

"정승 판서도 꼼짝하지 못하는 조선 최고의 여인이 되고 싶은가?"

"되고는 싶지만 저와 같은 무당이 어찌…."

"왕후장상의 씨가 따로 있고 백정의 씨가 따로 있다던가? 미련한 백성들의 두려움만 잘 이용한다면… 우리라고 그리

되지 말란 법이 있던가?"

환술사의 말을 듣고 있던 무당이 초조한 눈빛으로 주변을 살펴보았다. 불을 켜지 않은 영인암은, 짙은 어둠에 휩싸여 있었다. 환술사가 목소리를 낮추고 조심스럽게 말을 이어갔다.

"이 나라 모든 권력은 중전마마의 외척인 민씨 세력의 손아귀에 넘어가 있고, 중전마마는 세자 저하를 위한 일이라면 그 어떤 돈도 아끼지 않으시는 분이니…."

환술사가 고개를 들어 하늘을 올려다보았다. 하늘은 맑고 별은 더 반짝이고 있었다. 환술사가 별자리를 살펴보면서 천천히 입을 열었다.

"세상이 어수선할 때 큰돈을 벌 수가 있지 않겠나? 특히 이런 환란의 시기에 사람들의 불안감을 극한으로 자극해서… 우리가 모시는 신을 팔아 장사를 한다면 큰 부자가 될 수 있지 않겠나?"

"오라버니…."

"지금 훈련도감이 철폐되고 구식 군인들의 원성이 하늘을 찌르고 있네."

"그 이야기는 저도 들었어요. 나라에서 신식 군대만 살피고, 구식 군인들에게는 쌀 한 톨 주지 않는다고…."

"그렇지. 이런 마당에 중전마마라면 이를 갈고 있는 흥선대원군이 운현궁에 계시니…. 우리에게는 하늘이 내린 환란의 시기로 봐야 하지 않겠나?"

환술사의 말에 무당이 두 눈을 크게 떴다. 환술사가 무당을 지극한 눈빛으로 바라보았다.

"다시 묻겠네. 자네는 조선 최고의 무당이 되고 싶은가?"

"저에게는 오라버니가 있으니…."

"정승 판서도 꼼짝하지 못하는! 조선 최고의 여인이 되고 싶은가?"

"오라버니께서 별자리의 흐름을 읽고, 하늘의 기운을 전해 주신다면…."

"그리 해보세. 우리에게는 분명 그런 천운의 시기가 다가오고 있네."

환술사가 주먹을 불끈 쥐었다. 무당의 눈동자에 두려움과 희망의 빛이 동시에 스쳐갔다.

"이제부터 제가 뭘 어찌하면 좋을까요?"

중전마마의 개돼지

무당이 결연한 눈빛으로 환술사를 바라보았다. 환술사가 영인암 뜰을 둘러보면서 나지막하게 속삭였다.

"내가 어떻게 해서든 중전마마와 손이 닿을 수 있는 길을 열어보겠네."

"그게 우리 생각대로 이뤄질까요?"

"자네가 알다시피 궁궐부터 전옥서 감옥까지 내가 드나들 수 없는 곳이 있던가?"

"하기야 오라버니께서 마음만 먹으신다면 가지 못할 곳이 없지요."

"나는 먼저 궁궐 사람들을 만나볼 테니, 자네는 그 누구보다도 먼저…."

환술사가 말을 멈추고 주변을 다시 둘러보았다. 어둠이 내린 영인암은 바람 소리만 스쳐갔다. 담장 위에 앉아 있던 검은 고양이가 환술사를 뚫어지게 바라보고 있었다. 환술사가 무당을 돌아보았다.

"자네는 반드시 김나반을 만나봐야 하네."

"오라버니! 낮에 그 작자의 행동을 보셨잖아요."

"무조건 내 말을 들어야 하네. 반드시 나반의 마음을 얻어야 해."

"하지만 그 작자를 다시는 만나고 싶지 않아요."

"만나야 해! 반드시 김나반의 마음을 얻어야 우리가 마음 놓고 일을 할 수가 있어."

환술사의 표정은 매우 단호했다. 하지만 무당은 끝내 떨떠름한 표정을 숨기지 않았다.

"그 작자의 눈빛을 가까이서 보면 두려움을 떨칠 수 있는 길이 확실하게 열린다고 하셨으나, 저는 아무것도 찾아볼 수가 없었어요."

"아니, 분명히 있어. 자네가 알아채지 못했을 뿐이야."

"오라버니!"

"반드시 내 말을 들어야 해. 자네가 조선 최고의 무당이 되었을 때…. 김나반의 도움을 받지 못한다면 모든 것이 하루아침에 무너질 수 있어."

환술사의 말에 무당은 불안한 표정을 지었다.

1882년 5월 2일 아침. 창덕궁 대조전 민비의 처소.

민비는 찻잔을 내려놓으며 상궁을 바라보았다.

"세자께서 단잠을 주무셨다 했느냐?"

"예. 중전마마. 어제 초저녁 자리에 드셔서 이제 일어나셨다고 하옵니다."

"허어. 그 듣던 중 반가운 소리구나. 그러면 지난번에 왔던 그 남산골 의원의 처방이 효험이 있었다는 것이 아니냐?"

"예. 그러하옵니다."

"그 참 다행이로구나. 그런데 그 의원의 행방은 아직도 모르는 것이냐?"

민비의 말에 상궁이 난처한 표정을 지었다.

"예. 남산골 의원의 약방은 완전히 무너지고 의원은 행방이 묘연하옵니다."

"대체 왜 그리 갑자기 변을 당한 것이냐?"

"말씀 올리기 송구하오나…."

상궁은 잠시 말을 멈추고 민비의 눈치를 살폈다. 민비가 못마땅한 표정으로 상궁을 노려보았다.

"혹시 그 의원의 집에서도… 훈련도감 출신 구식 군인들이 행패를 부린 것이냐?"

"아직 확실한 것은 알 수 없으나, 그런 소문이 있사옵니다."

"허어. 그놈들을 때려죽여야 정신을 차릴 것인가? 대체 왜 그런 무도한 짓을 한단 말이냐?"

"그 구식 군인들이 몇 달째 급료를 받지 못하게 되자, 누군가 궁궐에서 돈을 받았다 하면 그렇게 떼로 몰려가 행패를 부린다고 하옵니다."

상궁의 말에 민비는 주먹을 부르르 떨며 매섭게 눈을 치켜 떴다.

"어차피 이 나라의 백성들은 주상전하와 우리 세자를 위해 존재하는 것들이다. 그 개돼지 같은 것들이…. 바람이 조금만 불어도 이리 흔들리고 저리 흔들리는 것들이…. 무슨 권리를 찾고 지랄들이란 말이냐?"

민비의 눈에 백성들은 말 그대로 개돼지로 보였다. 차라리 개돼지는 잡아먹을 수나 있었으나, 백성은 고깃덩어리 하나 쓸모없는 개돼지만도 못한 존재였다. 민비는 한동안 뭔가를 골똘히 생각하더니 단호한 눈빛으로 명령을 내렸다.

"무슨 일이 있어도 그 남산골 의원을 반드시 찾아내서 궁으로 들게 하라!"

"중전마마! 아뢰옵기 황송하오나…, 지금 도성 밖은 무법천지라 그 어떤 말도 잘 전달되지 않사옵니다."

"지금 그걸 말이라고 하는 것이냐? 우리 세자의 건강을 회복하는 일인데 하지 못할 일이 무엇이란 말이냐?"

"하오나 지금은 훈련도감 출신 군인들이 시정잡배들과 한통속이 되어…. 궁궐과 관련된 사람이 도성 밖을 나가기만 하면 사람도 죽이는 형국이라서…."

상궁은 미처 말을 마치지 못하고 고개를 바짝 숙였다. 민비는 손에 들고 있던 찻잔을 바닥에 내팽개쳤다. 찻잔이 깨지면서 파편이 튀어 올라 상궁의 얼굴에 상처를 냈다. 상궁은 흠칫 놀라면서도 차마 고개를 들지 못했다. 민비가 다시 버럭 소리를 질렀다.

"훈련도감 그 천하의 잡것들을 잡아들이지 않고 무엇하는 것이냐?"

"중전마마, 소인이 듣기로는 한성부나 포도청 전옥서에는 이미 너무 많은 군인이 잡혀 들어가 있어서, 더는 가둬둘 곳도 없다고 합니다."

민비가 책탁자를 내리쳤다. 상궁이 깜짝 놀라서 고개를 숙였다. 민비가 두 눈을 부릅뜨며 소리를 버럭 질렀다.

"고얀 놈들! 도대체 언제까지 나라 탓만 하고 있을 것이야? 세상은 이리 하루가 다르게 변하고 있는데 구식 총칼로 전쟁도 치르지 못할 놈들이! 언제까지 나라 곡식이나 축내고 있을 거냐 이 말이야?"

민비의 말에 상궁은 아무 말도 하지 못하고 두려움에 떨며 고개를 숙였다.

"지금 우리 세자가 잠도 못 자고 저리 병약해서 큰 걱정인데, 그까짓 쌀을 조금 받지 못했다고! 감히 저리 행패를 부리는 것이 말이 되는 소리냐? 이것이 진정 나를 국모로 아는 것들이 할 짓이란 말이냐?"

민비의 목소리가 날카롭게 울려 퍼졌다. 상궁은 덜덜 떨면서 허리를 깊이 숙였다. 민비는 자리를 박차고 일어나면서 소리를 질렀다.

"나는 동궁전으로 갈 것이다. 너는 지금 당장! 남산골 의원의 집에 가서! 그 의원에게 어떤 일이 있었는지 소상히 알아오도록 해라!"

민비는 눈에 불꽃을 튀기면서 옥호루 밖으로 나갔다. 민비가 밖으로 나간 후에 상궁은 간신히 숨을 내쉬었다.

1882년 5월 2일 오후. 운현궁 흥선대원군의 처소.

선비의 말을 듣고 있던 흥선대원군이 고개를 번쩍 들었다.

"훈련도감 출신 군인들의 분위기가 심상치 않다는 것이 무슨 말인가?"

"예. 지금 녹봉을 받지 못하여 민씨 세력을 원망하는 소리가 자자하옵니다."

"그건 나도 알고 있네. 중전이 총애하는 병조판서가 변방의 무관 자리까지 매관매직을 일삼는다면서?"

선비가 침울한 얼굴로 고개를 끄덕였다. 흥선대원군은 난초 그림 하나를 선비 앞으로 밀어 놓으며 나지막하게 말했다.

"이걸 잘 보관하고 있게. 언젠가는 반드시 요긴하게 쓸 곳이 있을 것이야."

"대원군 나리. 참으로 송구스러운 말씀이오나… 이렇게 가다가는 나라가 망할 수밖에 없을 듯하옵니다. 이제 결단을 내려주셔야 하옵니다."

"지금 뒷방으로 물러난 내가 뭘 어찌할 수 있단 말인가?"

"대원군 나리. 중전마마를 등에 업은 민씨 세력들의 행패가 날이 갈수록 극심해지고 있사옵니다. 요사스러운 중놈과 무당 년 들이 궁궐을 드나들고…."

선비는 잠시 말을 멈추고 대원군을 조심스럽게 바라보았다. 대원군이 별다른 반응을 보이지 않자, 선비는 더 강한 어조로 말했다.

"…부사 목사는 물론이고, 군수와 현감 자리까지 돈을 받고 팔아넘기는 지경에 이르렀사옵니다. 병조판서를 주축으로 한 민씨 세력들의 만행이 극에 달해 있사옵니다."

"허어! 이 사람아! 병조판서는 중전의 오라비이기 전에 내 처남이 아니겠는가? 자네가 내 처남을 욕보이면서 나를 탓하는 것인가?"

"대원군 나리!"

선비가 긴장한 눈빛을 보이면서도 간절하게 대원군을 바라보았다. 대원군이 붓을 들어 먹물을 찍었다. 먹물을 듬뿍 문힌 붓이 하얀 종이 위를 날렵하게 날아갔다. 강건한 잎이 뻗어나가고 부드러운 난초꽃이 피어났다. 대원군의 손이 부르르 떨렸다.

"중전… 그 요망한 년이! 이제 주상전하의 눈과 귀를 모두 막고 있네. 이런 뒷방에서 말로만 떠들고 있어봤자 무슨 소용이 있겠나?"

대원군의 말에 선비가 두 눈을 크게 떴다. 대원군이 난초 그림에 낙관을 찍고 선비에게 다시 종이를 내밀었다.

"이 그림을 훈련도감 출신의 무위영 대장에게 전해주도록 하게."

선비가 깜짝 놀라서 대원군을 올려다보았다. 대원군이 단호한 눈빛으로 말했다.

"그 사악하고 요망한 년! 중전 그년을 찢어 죽이지 않으면! 더는 종묘사직을 지켜낼 수 없을 것이야!"

붓을 쥔 대원군의 손이 꿈틀거렸다. 선비가 흠칫 놀라서 뒤로 물러나 앉았다. 대원군의 눈에서 시퍼런 불꽃이 튀었다.

만민이 평안한 태평성대

선비가 바짝 긴장한 눈빛으로 대원군을 바라보았다.

"대원군 나리. 그러시면 소인들이 뜻을 모아 일어나는 것이
… 주상전하를 위하는 일이라 생각해도 되겠사옵니까?"

"우리 주상께서는 총기가 아주 맑은 분이시네. 태양을 가리
는 구름을 없애버리는 것이… 진정한 충신이 아니겠는가?"

대원군의 말에 선비가 허리를 깊이 숙였다.

"예. 대원군 나리의 뜻을 마음 깊이 받들겠사옵니다."

"사악한 여우를 잡아 죽여야 이 나라가 바로 설 수 있을 것
이네."

"지금 백성들은 물론이고, 신식 군대에 차별받는 도성의 군
인들까지 모두 한마음 한뜻이오니… 밝은 아침이 멀지 않았
사옵니다."

"흐음…. 이 모든 것은 하늘의 뜻이라 알고 있겠네."

대원군이 담담한 눈빛으로 선비를 내려다보았다.

1882년 5월 4일 오후. 창경궁 희선재 고종의 처소.

고종은 상궁이 대령한 커피를 천천히 음미하며 흡족한 표

정을 지었다.

"이 가배 한 잔이 세상의 근심을 모두 잊게 해주는구나."

고종은 커피 잔을 내려놓으며 푹신한 의자에 등을 기댔다. 고종이 은밀한 눈빛으로 상궁을 바라보았다.

"중군장의 딸이 아직 한양에 있다는 말이 사실이더냐?"

"예. 기별을 전하는 별감들마다 말이 약간씩 다르기는 하오나 한양에 있는 것은 분명한 듯하옵니다."

"거 참 답답하구나. 별감들을 더 은밀하게 풀어서 중군장의 딸을 하루바삐 만나보고 싶구나."

고종의 말을 듣고 있던 상궁이 조심스럽게 고개를 들며 입을 열었다. 긴장된 눈빛이 역력했다.

"주상전하. 아뢰옵기 황송하오나 이곳에도 중전마마의 나인들이 드나들고 있는지라… 모든 일이 염려되옵니다."

"허어 거 참. 중전이 눈치채지 못하도록 별감들 입단속 철저히 시키도록 하라. 훈련도감을 그리 없애지 않았더라면…, 중군장의 딸을 궁으로 들일 수 있었을 것인데…."

고종은 길게 한숨을 내쉬며 지그시 눈을 감았다. 문 앞에서 고종의 눈치만 살피고 있던 대전별감이 상궁 옆으로 다가갔다. 상궁은 고개를 저었으나, 대전별감은 초조한 눈빛으로 상궁을 재촉했다. 하지만 상궁은 차마 말을 하지 못하고 고종의 눈치를 살폈다. 눈을 감고 있던 고종이 살며시 눈을 떴다.

"왜 그러고 있는 것이냐? 따로 할 말이라도 있느냐?"

고종은 의아한 눈빛으로 대전별감과 상궁을 번갈아 바라보았다. 대전별감이 눈짓을 하자 상궁이 앞으로 나섰다.

"주상전하. 소인의 사가 오라버니가 제물포에서 장사를 하고 있사온데, 무위영에 편입되지 못한 훈련도감 군인들이 제물포에 나타나 행패를 부린다고 하옵니다."

"허어! 저런 고얀 놈들이 있나? 아니 이 태평성대에 그런 무지막지한 놈들이 아직도 설치고 있다는 것이냐?"

"예. 아뢰옵기 황송하오나… 훈련도감 출신 군인들이 떼로 몰려다니며 백성들에게 행패를 부리고 전하께 가배를 진상하려는 아라사 상인들까지 위협한다고 하옵니다."

상궁의 말을 듣고 있던 고종이 의자에서 벌떡 일어섰다. 대전별감과 상궁이 깜짝 놀라서 허리를 바짝 숙였다. 고종이 버럭 소리를 질렀다.

"아라사 상인이 짐을 위해 가배를 가져온 마당에, 감히 그 무지막지한 자들이 길을 막고 있다는 것이 말이 되느냐? 당장 도승지를 들게 하라!"

고종의 명령이 떨어지기 무섭게 내관이 승정원으로 달려갔다. 승정원에 머물고 있던 도승지가 다급하게 희선재로 들어왔다. 도승지는 고종 앞에 허리를 숙이면서 주변의 눈치를 살폈다. 고종이 매서운 눈빛으로 도승지를 바라보았다.

"지금 제물포에서 훈련원 출신의 군인들이 행패를 부리고 있다는 사실을 알고 있는가?"

"예. 주상전하! 그런 변고를 알리는 일이 끊임없이 이어지고 있사옵니다."

"허어! 그런데 왜 그런 일을 짐에게 알리지 않는 것인가?"

고종의 말에 도승지는 황망한 표정으로 대전별감을 슬쩍 돌아보았다. 대전별감은 급하게 도승지의 눈을 피했다. 도승지가 잠시 머뭇거리다가 간신히 입을 열었다.

"지난 3월에 훈련도감 출신들의 문제는 병조판서가 맡아서 처리하라는 하교를 내리셔서…."

"허어! 그건 한성부에서 일어나는 일을 말하는 것이고! 지금은 제물포라 하지 않았는가?"

고종의 호통에 놀란 도승지는 아무 말도 하지 못하고 허리를 굽혔다. 고종이 도승지 앞으로 다가섰다.

"지금 만민이 모두 평안하고 태평성대를 누리고 있는 이때에…. 한낱 훈련도감 출신의 군인들이 저리 설치고 있다는 것이 말이 되겠는가?"

고종의 말에 도승지는 차마 고개도 들지 못하고 눈을 꼭 감았다. 고종이 나지막하게 속삭이듯 말했다.

"다른 것도 아니고…. 아라사 상인이 짐을 위해 진상품을 준비했다고 하는데, 그것마저 궁으로 들어오지 못한다는 것이 말이 되는가?"

"주상전하! 아뢰옵기 황송하오나 공사관을 거치지 않은 상인들이 주상전하를 직접 알현하고자 하는 것은, 사적인 이익을 취하고자 하는 것이온지라…."

"허어! 무슨 말을 그리 하는 것인가?"

고종이 매서운 눈빛으로 도승지를 노려보았다. 도승지는 고종의 목소리가 심상치 않다는 것을 알고, 자신도 모르게 한숨을 내쉬었다. 고종이 은근한 눈빛으로 속삭였다.

"지금 그 아라사 상인이… 가배를 가져왔단 말일세. 그 진귀하다는 남방의 가배를 가져왔다는데, 그런 지극한 마음을 가진 상인을 모른 척할 수가 있단 말인가?"

"예. 주상전하. 소신이 병조와 경기감영에 알려 대책을 강구하도록 하겠사옵니다."

도승지가 허리를 숙이며 물러나자, 고종은 흡족한 표정을 지었다. 도승지는 희선재의 계단을 내려오면서 하늘을 올려다보았다. 하늘에 먹구름이 잔뜩 끼어서 금방이라도 비가 쏟아질 것만 같았다. 도승지는 한숨을 길게 내쉬며 나지막하게 중얼거렸다.

"태평성대라… 허어 씨발! 지금 만민이 모두 평안한 태평성대라…."

도승지가 승정원으로 걸어가는 사이에 빗방울이 쏟아지기

시작했다. 도승지는 비를 피할 생각도 하지 않고, 희선재 계단 위에 서 있는 대전별감을 노려보았다.

1882년 5월 4일 저녁. 광희문 밖 주막 객방.

무당이 간곡한 눈빛으로 주모를 바라보았다.

"제발 부탁드려요. 어떻게 해서라도 나반 도령을 만나게만 해주시면 제가 쌀 한 말을 내어드릴게요."

"만신님. 지금 쌀이 문제가 아니라 나반 도령은 아무도 만나려고 하지 않습니다."

"그러니 이렇게 직접 찾아와서 부탁을 드리는 것이 아니겠어요. 한 번만, 딱 한 번만 만나게 해주세요."

무당이 더 애절한 눈빛으로 주모의 손을 잡았다. 거센 비바람이 객방의 창호지 문을 후려쳤다. 주모가 객방 문을 열고 바깥 상황을 살폈다. 오후 내내 빗방울이 거세지면서 손님들의 발길은 뚝 끊긴 상태였다. 주모가 입술을 지그시 깨물며 무당 쪽으로 고개를 돌렸다.

"만신님. 세령 아씨도 나반 도령을 만나려고 했으나, 끝내 만나지 못하고 천천암으로 그냥 올라가고 말았습니다. 돈이나 쌀의 문제가 아닙니다."

"돈도 아니고 쌀도 아니면… 대체 뭘 어찌해야 하나요? 제가 옷고름이라도 풀어야 하는 것인가요?"

무당의 말에 주모의 표정이 미묘하게 변해갔다. 주모는 무
당의 봉긋한 가슴을 바라보며 엷게 미소를 지었다. 조선 팔천
의 하나인 무당이 먹고사는 길은 점점 더 어려워지고 있었다.
모든 체제가 무너지면서 신내림이 약한 무당이 목구멍에 풀
칠할 수 있는 길은 몸을 파는 일이었다. 주모의 눈빛이 자신
의 가슴에 오랫동안 머물러 있자 무당이 흠칫 당황하는 표정
을 지었다. 무당이 몸을 옆으로 살짝 돌리자, 주모가 비 내리
는 뜰을 돌아보며 혼잣말처럼 중얼거렸다.

"도대체 왜 그리 나반 도령을 찾는지…. 세령 아씨도 결국
만나지 못해서 오라버니를 화장한 후에도 아직 미련을 떨치
지 못하고 있으니…."

"세령 아씨는 왜 그리 나반 도령을 찾는 것인가요?"

"천천암 회자수 어른이 나반을 통해야만 부모님과 오라버
니가 극락왕생을 할 수 있다고 했답니다."

"하아! 참 나…. 사실은 저도 환술사 오라버니가 나반의 마
음을 얻지 못하면, 모든 꿈이 물거품이 된다고 해서요."

무당은 쓸쓸한 눈빛으로 주모를 바라보았다. 주모는 추녀
에서 떨어지는 물방울을 지켜보다가 천천히 고개를 돌렸다.

"나반 도령의 마음을 얻기가 쉽지 않을 겁니다."

"쉽지가 않다니요? 그건 어인 말씀이세요?"

"나반 도령은 무당과 승려를 끔찍하게 싫어합니다. 요즘에는 야소교 천주학쟁이들도 그렇게 싫어하고요."

"예? 아니 왜요?"

무당은 의아한 표정으로 주모를 바라보았다. 주모가 흐린 하늘을 바라보면서 조용히 입을 열었다.

"무당이나 승려나 천주학쟁이나⋯ 죽음을 팔아서 먹고사는 것들이 장사꾼보다도 염치가 없다면서⋯."

"죽음을 팔아서 먹고사는 것들요?"

무당이 긴장한 표정으로 주모의 눈치를 살폈다. '죽음을 팔아서 먹고사는 것들'이란 말은 천천암 회자수 노인도 자주 하는 말이었다. 사형수의 목을 내리쳐서 먹고 사는 회자수 노인은, 말 그대로 죽음을 팔아 먹고사는 사람이었다. 회자수 노인은 죽음 앞에서 그 누구보다 겸손했다. 하지만 무당이나 승려나 야소쟁이들은 죽음의 두려움을 팔아 먹고살면서 그 어떤 겸손함도 보이지 않고 있었다. 주모가 길게 한숨을 내쉬었다.

"죽음은 하늘이 정하는 것인데, 하늘의 이치도 모르는 것들이 보이는 대로, 생각나는 대로 떠들고 다닌다면서 벌레만도 못한 것들이라 혼을 냈습니다."

"차암 나⋯. 아니 그 나반 도령은 뭐가 그리 잘나서 그러는 걸까요?"

무당이 얼굴을 찡그리며 주모를 바라보았다. 주모가 허탈하게 미소를 지었다.

"만신님은 나반 도령이 누군지도 모르면서 그렇게 만나려고 하시는 겁니까?"

"그러니까 그게 뭐 솔직히… 나는 잘 모르겠어요. 환술사오라버니가 나반 도령의 마음을 얻어야 한다고 하도 신신당부를 해서 만나려는 것이지요."

"저는 만신님을 이해할 수가 없습니다. 만신님처럼 용하신분이 왜 그렇게 환술사의 말을 따르려고 하십니까?"

"하아, 글쎄요?"

무당은 쓸쓸한 눈빛으로 하늘을 바라보았다. 한참 빗방울이 떨어지는 추녀를 바라보던 무당이 나지막히 속삭였다.

"주모께서는… 저기 처마 끝의 거미줄이 보이시나요?"

무당이 처마 끝의 거미줄을 가리켰다. 거미줄에는 빗방울이 맺혀 있었고, 처마 안으로 들어온 날벌레가 다급한 날갯짓을 하고 있었다. 그 뒤에서 참새는 거미를 노리고 있었고, 선반 위의 고양이는 참새를 노리고 있었다. 무당이 희미한 미소를 지었다.

"저기 날벌레를 노리는 거미, 거미를 노리는 참새, 참새를 노리는 고양이… 저들은 자신들의 앞에 놓인 운명을 알고 있을까요?"

"저들이 그걸 어찌 알겠습니까? 각자 자기 앞만 바라보고 있으니….”

“그렇지요. 저렇게 자기 앞만 바라보면 알 수 없지만, 그걸 위에서 내려다볼 줄 아는 사람이 있다면….”

“위에서 내려다볼 줄 아는 사람이라면? 설마하니 그게 혹시 나반….”

주모의 질문에 무당이 조용히 고개를 끄덕였다. 주모가 멍한 눈빛으로 추녀 끝을 다시 돌아보았다. 그 순간 선반 위에서 몸을 웅크리고 있던 고양이가 참새에게 달려들었다. 주모가 벌떡 일어나서 섬돌 위의 신발을 집어 던졌다. 검은 고양이가 황급하게 달아났다. 주모의 행동을 지켜보던 무당이 빙긋이 미소를 지었다.

“주모께서는 이 주막을 시작한 지가 그리 오래되지 않으셨지요?”

“예에. 지난겨울에 중군장 댁에서 나와 우리 어머니가 하시던 것을 이어받았으니, 반년이 조금 안 되었습니다. 그런데 그걸 왜 물어보시나요?”

“제가 나반 도령의 마음은 얻지 못해도… 나름대로 보이는 것이 있지요.”

무당이 의미심장한 눈빛으로 손에 들고 있던 염주를 천천히 굴렸다. 주모가 의아한 눈빛을 보이자, 무당이 나지막하게 속삭였다.

"저 검은 고양이를 너무 타박하지 마세요. 저 고양이의 기운을 잘 모시면…. 바로 저 앞에 큰 길이 뚫리고 이 주막 자리에는 한양에서 제일가는 여각이 들어설 거예요."

"예? 아니 그게 무슨 말씀이신지…?"

"머지않은 때에, 이 주막에 조선에서 제일 존엄하신 분이 오실 거예요."

"조선에서 제일 존엄하신 분이시라면…?"

마포나루에 오신 교주님

주모가 호기심이 가득한 눈빛으로 무당을 바라보았다. 무당은 고양이가 사라진 울타리를 보면서 조용히 속삭였다.

"조만간에 나라에 큰일이 일어날 것 같아요. 그때 궁궐에서 나오신 분이 이곳으로 오실 것이니, 다시 없을 그 기회를 잘 잡으셔야 해요."

"조선에서 제일 존엄하시고 궁궐에서 나오신 분이라면… 상감마마?"

"글쎄요? 자세한 건 그때 가서 살펴보시고, 귀한 분이 오셨을 때 잘 모시도록 하세요. 엄청난 행운이 찾아올 거예요. 물론 자칫 잘못하면…."

무당이 잠시 말을 멈추고 은밀한 눈빛을 반짝였다. 그 눈빛에 푸른 광기가 어려 있었다.

"너무 귀한 분이라서 자칫 잘못하면… 그 행운이 독이 될 수도 있겠지요."

"에휴, 그런 말 마세요. 저는 그런 거 다 싫어요. 그냥 저에게 많은 복이 올 수 있게 부적이나 한 장 써주세요."

"행과 불행은 늘 함께 오는 법이지요. 복어의 독을 제거하면 극상의 맛을 지닌 물고기를 먹을 수도 있고, 소금은 꼭 필요한 것이지만 잘못 사용하면 피를 말려버릴 수도 있지요."

무당은 의미심장한 표정을 지으며 빙긋이 웃었다.

"마음의 준비를 하고 있지 않으면 소금에 떨어진 물고기의 죽음만을 맞이할 뿐이지요."

"소금에 떨어진 물고기의 죽음? 그건 대체 무슨…?"

"소금에 물고기가 떨어져도 물고기의 죽음이고, 물고기에 소금이 떨어져도 물고기의 죽음이지요. 사람의 운명은 물 밖으로 끌려 나온 물고기 같은 것이니… 나 같은 무당의 도움이 필요하지 않겠어요?"

검은 고양이가 주모의 눈치를 살피며 추녀 아래 선반으로 다시 올라갔다. 고양이는 다시 참새를 노리고 참새는 거미를 노리고 거미는 날벌레를 노리고 있었다. 주모가 헛헛한 눈빛으로 손을 휘저었다.

1882년 5월 19일 마포나루 장터.

천막으로 지어진 국밥집 평상에 앉아 있던 환술사가 손을 번쩍 들었다. 나반이 환술사를 발견하고 가까이 다가갔다.

"형님을 만나지 못하면 어쩌나 걱정을 했는데 바로 여기 계셨네요."

"그러게 말이야. 천천암으로 심부름을 보낸 사람이 말을 제대로 전해줘서 다행이네."

환술사가 환하게 웃으며 나반의 손을 덥석 잡았다. 나반도 반가운 표정으로 고개를 끄덕였다. 나반이 환술사의 맞은편 자리에 앉자, 심부름하는 아이가 수저를 가져왔다. 나반과 환술사는 국밥을 먹으며 그동안의 소식을 주고받았다. 나반이 환술사의 잔에 술을 따르며 걱정스러운 눈빛으로 말했다.

"그나저나 영인암이 아주 난리가 났었다면서요?"

"에휴우, 그러게 말일세. 전 훈련도감 군인들이 몰려와서 방문을 다 때려 부수고 온갖 행패를 부렸다네."

"그 사람들이 왜요? 형님이 무슨 잘못을 하실 분도 아니잖아요."

나반의 말에 환술사는 술잔을 들이키며 쓸쓸한 표정을 지었다. 환술사는 연거푸 술을 따르면서 주변을 휘이 둘러보았다.

"요즘 구식 군대 군인들의 분위기가 심상치 않다는 말은 들었지?"

"예에. 들어봤어요. 오랫동안 급료를 받지 못해서 아주 험악하다고 하던데요."

"어쩌다 보니 우리도 거기에 잘못 걸려든 것이지."

"아니 그러니까 왜요?"

나반의 질문에 환술사는 잠시 멍한 표정을 짓더니 다시 술잔을 들이켰다.

"내가 약재를 가져오는 약방이 있는데, 그 사람 동생이 동궁전 상궁으로 있어."

"동궁전이면 세자가 있는 곳이요?"

"그렇지. 마침 내가 그 상궁을 통해 세자마마를 모시는 내의원 판관을 만나서… 불면증에 특효가 있는 약재를 전해주었지."

"불면증 특효약이면 설마…?"

나반이 깜짝 놀라서 환술사를 바라보았다. 환술사가 어색한 미소를 지으며 고개를 끄덕였다. 나반은 어이가 없다는 듯이 환술사를 뚫어져라 바라보았다.

"형님. 제가 처방해드린 심연산조인이 불면증에 특효약이라지만, 자칫 잘못 쓰게 되면 사람이 죽을 수도 있어요. 그리고 세자는 아직 열다섯도 되지 않았는데 다른 부작용이 있으면 어쩌시려고요?"

"아주 약하게 해서 드렸어. 그리고 내의원 판관 정도 되시는 분이 나 같은 사람에게 받은 약재를 함부로 쓰시기야 했겠나?"

환술사의 말을 듣고 골똘히 생각하던 나반이 의아한 표정으로 고개를 저었다.

"하아 참. 그러니까 형님은 내의원 판관을 통해 심연산조인을 궁궐로 들여보냈고, 그 이후에 훈련도감 군인들이 쳐들어와 난리를 쳤다는 거잖아요?"

나반의 말에 환술사가 고개를 끄덕였다. 궁궐에서 일어나는 일은 겉으로는 매우 은밀해 보였으나, 궁녀들의 급료도 제대로 지급이 되지 않아 모든 것이 엉망진창이 되어가고 있었다. 상궁은 말할 것도 없고 나인이나 의녀들까지, 사가의 부모나 친지들과 내통하여 각자 먹고살 방법을 찾는 실정이었다. 가장 엄격하게 지켜져야 할 궁궐의 비밀은 가장 빠르게 세상에 알려지고 있었다. 나반은 이해할 수 없다는 표정을 지으며 지그시 입술을 깨물었다.

"궁궐의 내의원이면 임금과 그 주변 사람들을 치료하는 곳인데, 밖에서 만든 약재가 그렇게 허술하게 들어가고, 또 그렇게 바로 쓰일 수가 있는 건가요?"

"그러니까 그게…. 지금 궁궐은 흥선대원군이 물러나고 중전마마가 실권을 잡으면서 아주 개판이 되었는데…."

환술사가 잠시 말을 멈추고 주변의 눈치를 살폈다.

"…궁궐 의원이나 의녀들이 내의원 약재까지 몰래 밖으로 빼돌린다는 소문이 있어."

"설마하니 그 정도까지…?"

"지금 궁궐 재정은 완전히 파탄이 난 모양이야. 지난번에 만난 내의원 판관 말을 들어보니 약재도 제대로 들어오지 않아서 난리가 아니라고 했어."

환술사의 말을 듣고 있던 나반이 길게 한숨을 내쉬었다. 환술사도 안타까운 표정을 지으며 다시 술잔을 기울였다.

"거기다가 더 기가 막힌 것은…. 중전마마께서 내의원 의원들을 믿지 않아서, 비싼 돈을 주고서라도 서양 의원들을 불러들이나 봐."

"궁궐 안팎으로 나라가 완전히 개판이 되어버렸네요."

나반이 길게 한숨을 내쉬었다. 환술사는 두 눈을 크게 뜨고 좌우를 다 살폈다. 나반이 허탈한 표정으로 국밥을 먹었다. 천천히 국밥을 비우고 나서 나반이 환술사를 바라보았다.

"그런데 마포나루 장터가 이렇게 사람이 많았던가요? 상선이 포구에 정박하면 잠깐 장이 섰다가 끝나지 않았어요?"

"평상시에는 그런데…, 오늘은 좀 특별한 일이 있을 거야."

"특별한 일이라니요?"

"오늘 경인상단 배를 타고 누가 들어오시냐면…."

환술사가 손으로 입을 가리며 더 나지막하게 속삭였다.

"…동학교주님이 오늘 마포나루로 오신다는 말이 있어."

"예에? 그분이 언제 오시는데요?"

"그게… 정확히는 알 수 없지만 오늘 마포나루에 오시는 건 확실해 보여."

"그러면 이 많은 사람들이 전부 동학교도들인가요?"

"그건 아니겠지만…. 관군의 눈을 분산시키기 위한 연막작

전이 아닐까 싶네."

"그런데 형님은 왜 이곳에서 나를 만나자고 하신 거예요?"

나반이 의아한 눈빛으로 환술사를 바라보았다. 환술사는 안주로 나온 돼지고기를 씹으며 주변 사람을 하나씩 훑어보았다.

"난세에 영웅이 나는 법이 아닌가? 이제 천지를 개벽할 동학교주님이 오신다니 어떻게 해서든 그분과 연줄을 만들어야 살아갈 방도가 생기지 않겠나?"

"그분이 오신다고 해도 우리 같은 사람이 쉽게 알아볼 수 있을까요?"

그때였다. 국밥집 천막 바깥이 소란해지면서 사람들이 일시에 포구 쪽으로 향하기 시작했다. 환술사가 두 눈을 크게 뜨고 일어섰다.

"오셨나 보네. 드디어 동학교주님이 오셨나 봐."

환술사가 빠른 동작으로 천막 바깥으로 나갔다. 나반도 밖으로 나가려는 순간, 국밥집에서 심부름하는 아이가 나반의 팔을 잡았다.

"손님! 국밥 값 내고 가셔야죠!"

"국밥 값? 저기 저분이 내지 않았나?"

"무슨 말씀이세요? 빨리 국밥 값 내놓으세요!"

"아니 그게 아니라, 나는 지금 돈이 없는데….'

"밥을 먹었으면 당연히 돈을 내야지요. 지금 이게 뭐 하는 짓이래요?"

국밥집 아이는 아주 싸늘한 눈빛으로 나반을 쏘아보았다. 나반은 황당한 표정으로 사람들 사이로 멀어져가는 환술사를 바라보았다. 나반이 아이에게 쩔쩔매는 사이에, 국밥집의 건장한 사내가 나반에게 다가왔다. 아이가 사내에게 나반을 일러바쳤다.

"지금 이 사람이 밥값을 내지 않고 도망치려고 했어요."

아이의 말을 들은 사내의 표정이 일그러졌다.

"뭐야? 아니 지금도 이런 놈들이 있나?"

사내는 다짜고짜 나반의 멱살을 움켜잡았다. 나반은 사내의 손에 매달려 발버둥을 쳤다. 나반이 어떻게 힘을 써볼 사이도 없었다. 국밥집 사내는 나반을 높이 치켜들더니 그대로 땅바닥에 내리꽂았다. 나반은 간신히 일어나 무릎을 꿇을 수밖에 없었다.

"하이고오! 잘못했습니다. 제가 처음부터 그러려고 한 것이 아니라…"

나반은 코피를 닦으며 사내 앞에서 두 손을 싹싹 빌었다. 하지만 국밥집 사내는 화가 풀리지 않았는지 나반의 뺨을 세차게 후려갈겼다. 비쩍 마른 나반의 몸이 옆으로 풀썩 쓰러졌다. 국밥집 사내가 다시 나반의 멱살을 잡아 일으켰다. 그때 나반의 뒷자리 평상에서 밥을 먹던 젊은 남자가 다가왔다.

"주인장! 이제 그만하시지요!"

"뭐요? 당신은 또 누구셔? 참견 말고 밥이나 들고 나가셔!"

남자가 자리에 앉아 있는 대나무 삿갓을 쓴 노인을 바라보았다. 노인이 자리에서 일어나 사내 앞으로 다가왔다.

"밥값은 우리가 낼 테니 그 사람을 그만 놓아주게나."

노인의 말에 국밥집 사내의 표정이 금세 환해졌다. 남자가 셈을 하고 노인과 함께 국밥집 천막을 나갔다. 나반이 몸에 묻은 모래를 털면서 노인을 따라 나갔다.

"하이고오! 영감님 고맙습니다. 큰 낭패를 당할 뻔했는데 이리 도와주시다니…."

나반은 고마운 마음에 노인의 손을 잡으려고 했다. 하지만 젊은 남자가 매우 잽싼 동작으로 나반의 팔을 내리쳤다. 나반이 얼굴을 찡그리며 뒤로 물러섰다.

"아니, 나는 그냥 고마운 마음에 인사를 드리려고 한 것뿐인데…."

노인이 삿갓을 살짝 들고 나반을 바라보았다. 한동안 나반의 얼굴을 살펴보던 노인이 두 눈을 크게 떴다.

"젊은이 이름이 어떻게 되는가?"

"예? 아아… 제 이름은 김나반이라고 합니다."

"흐음. 김나반이라…. 자네 사는 곳은 어디이고 어떤 일을 하는가?"

"예에. 특별히 거처가 없어서 이리저리 떠돌며 살고 있습니다. 원래는 작술을 하는 광대였는데…, 지금은 대광대패에서 쫓겨나 닥치는 대로 살아가고 있습니다."

나반이 두 손을 모으고 공손하게 대답했다. 노인이 나반 앞으로 더 가까이 다가왔다. 나반은 삿갓 아래로 드러난 노인의 눈과 마주치는 순간 범상치 않은 기운을 느꼈다. 노인이 손을 내밀어 나반의 손을 잡았다.

"젊은이는 내가 누군지 알아보겠는가?"

"글쎄요? 저는 처음 뵙는 분 같으신데…."

"흐음. 역시나 그 꿈이 틀리지 않았어. 한양에 가면 반드시 귀인을 만날 거라 하시더니, 역시 그 말씀이 틀리지 않았어."

노인은 아주 감격스러운 표정으로 눈물을 글썽거렸다. 노인은 나반을 보는 순간 운명이 우연이 아니라는 것을 절실하게 깨달았다. 만나야 할 사람은 꼭 만나야 한다는 간절함이 우연의 강물을 뛰어넘고 있었다. 노인 뒤에 서 있던 남자가 깜짝 놀라서 나반을 바라보았다. 남자가 무슨 말을 하려고 하자 노인이 손사래를 쳤다.

"자네는 뒤로 물러나 있게."

노인의 목소리는 나지막했으나 힘이 있었다. 남자가 뒤로 물러서자 노인이 나반을 바라보았다.

"나는 지금 인왕산 천천암으로 가려고 하네. 한양 길이 처음이라 그러는데 혹시 길을 안내해줄 수 있겠나?"

아궁이에 타오르는 장작불

노인의 말에 나반이 고개를 끄덕였다. 그때 마포나루 쪽에서 사람들의 함성이 들렸다. 수염을 길게 늘어뜨린 사람이 배에서 내리고 있었다. 사람들이 동학교주가 왔다며 웅성거렸다. 나반이 나루 쪽을 바라보자 노인 옆에 서 있던 남자가 나반 앞으로 다가왔다.

"날이 어둡기 전에 천천암에 가고자 하는데 지금 바로 출발하실 수 있으시겠습니까?"

남자의 목소리는 매우 공손했다. 나반이 포구 쪽을 바라보며 조심스럽게 입을 열었다.

"저기, 죄송하지만 여기서 잠깐만 기다려 주시면 안 될까요? 제가 누구를 잠깐 만나야 해서…."

"누구를 만나려고 그러시는 겁니까?"

"예에. 그 들으셨는지 모르겠는데… 오늘 동학교주 해월 선생님께서 오신다고 하네요."

나반의 말을 듣고 있던 남자가 노인을 돌아보았다. 노인이 빙긋이 웃으며 고개를 끄덕였다. 남자가 나반의 귀에 대고 조용히 속삭였다.

"지금 이분이 누군지 아직도 모르시겠습니까?"

"글쎄요? 아까 말씀드렸듯이 오늘 처음 뵙게 되어서… 잘 모르겠어요."

"이분이 바로…."

남자는 노인을 살짝 돌아보며 나지막하게 말했다.

"…동학의 해월 선생님이십니다."

나반이 최시형을 돌아보았다. 최시형이 삿갓을 살짝 들어 올리며 고개를 끄덕였다. 나반이 피식 웃으며 최시형과 남자를 번갈아 바라보았다.

"헤에이! 장난치지 마세요. 해월 최시형 선생님은 바로 저기 있으신데…. 여기 잠깐만 있으시면 제가 바로 다녀오도록 할게요."

나반은 최시형과 남자에게 등을 돌리고 나루 쪽으로 달려갔다. 남자가 어이없다는 듯이 최시형을 바라보았다. 최시형이 조용히 미소를 지었다.

잠시 후.

나반이 벌겋게 달아오른 얼굴로 최시형에게 돌아왔다. 최시형이 미소를 지으며 조용히 물었다.

"어떻게, 해월 선생은 만나보셨는가?"

"예에. 가까이서 뵐 수는 없었지만 소문대로 아주 인자해 보이셨어요."

"흐음. 그렇게 보고 싶었던 분이면 가까이 가서 말이라도 해봤어야 하지 않는가?"

"그러고 싶었는데, 워낙에 많은 사람이 몰려들어서…."

나반은 아쉬운 표정을 지으며 사람들이 몰려가고 있는 강둑을 바라보았다. 최시형은 빙긋이 웃으며 나반을 돌아보았다.

"내가 긴한 볼일이 있어서 그러니, 천천암으로 가는 길을 앞장서줄 수 있겠나?"

나반이 고개를 끄덕이며 짚신 끈을 단단히 조여 맸다.

1882년 5월 19일 늦은 오후. 인왕산 천천암.

회자수 노인이 빠른 걸음으로 달려 나와 최시형을 맞이했다. 최시형이 조용히 승방으로 들어갔다. 회자수 노인이 최시형을 호위하는 무사를 바라보며 조심스럽게 입을 열었다.

"언제 오실지 몰라서 오늘도 두 번이나 산 아래로 내려갔었는데, 길을 찾기가 어렵지 않았는가?"

"예에. 다행히 이곳 길을 잘 아는 사람을 만나 바로 올 수 있었습니다."

"걱정이 많았네. 요즘 도적 떼도 많고, 군인들의 분위기도 심상치 않아서…."

회자수 노인이 복잡한 표정으로 도성 쪽을 내려다보았다.

무사가 조심스럽게 입을 열었다.

"그런데 이 위험한 시기에, 교주님을 왜 한양으로 모신 것입니까?"

"백성들이 하도 힘들어하니, 교주님께서 한양의 정세를 직접 보고 싶어 하셨네. 그리고 훈련도감 군인 출신들이 동학으로 들어오면서, 교주께서 그들의 이야기도 직접 듣고 싶어 하셨고…."

"저에게는 아무런 말씀이 없으셔서 궁금했는데, 정말로 무력 항쟁도 생각하고 계신 것입니까?"

무사가 초조한 눈빛으로 회자수 노인을 바라보았다. 회자수 노인이 잠시 승방을 바라보다가 고개를 돌렸다.

"우리 동학의 교조이신 수운 최제우 선생께서 억울하게 참수형을 당하신 후에 무력 항쟁을 생각하신 듯하네."

"그게 벌써 이십여 년 전인데 왜 지금에 와서 그러시는 걸까요?"

"그 깊은 뜻을 우리가 어찌 알 수 있겠나? 다만 짐작해보는 것은, 세상이 점점 더 황폐해지고 군인들이 동학으로 유입되다 보니…."

해가 산을 넘어가면서 산그늘이 법당 앞까지 길게 내려왔다. 회자수 노인이 걱정스러운 눈빛으로 조심스럽게 하늘을 올려다보았다.

"정식으로 훈련을 받은 군인들이 유입되고, 호랑이를 잡는 포수들까지 들어오고 있으니 동학 접장들도 의견이 모이는 분위기일세."

"제가 보기에는 전라도와 충청도 쪽에서는 농민들이 몰려들면서, 조만간 무슨 일이 벌어질 것만 같습니다."

"무력 항쟁이라는 것이 목숨을 걸어야 하는 일인데…."

회자수 노인이 말을 멈추고 길게 한숨을 내쉬었다. 날은 조금씩 어두워지고 있었다. 천천암 주변을 살펴보고 있던 무사가, 법당 뒤편의 삼성각을 바라보며 회자수 노인에게 물었다.

"지금 저기 전각에서 나오는 스님은… 왠지 비구니 스님처럼 보입니다."

"허어, 그렇게 보이나?"

"예에. 아무리 보아도 비구니 스님으로 보이는데…."

"아직은 계를 받지 못하셨으니 비구니승은 아니시지. 저분이 바로 훈련도감 중군장의 따님이실세."

회자수 노인의 말에 무사가 마루에서 조용히 일어섰다. 무사는 세령이 삼성각 계단에서 내려오는 모습을 지켜보다가 두 손을 모았다.

"아! 소문대로 정말 고운 분이시네요."

"자네 눈에도 그리 보이나? 우리 천천암 젊은 비구들도 아주 난리가 났다네."

"천천암 젊은 비구? 소문에 듣기로는 그들은 스님이 아니라는 말이 있던데…."

"절에 들어와 머리를 깎고 잠시라도 불공을 드리면 비구인 것이지. 비구가 어디 따로 있다던가?"

회자수 노인이 서늘한 눈빛으로 무사를 바라보았다. 무사가 살짝 긴장한 눈빛을 보이며 조심스럽게 승방 마루에 앉았다. 그러는 사이에 세령은 계단을 모두 내려와서 법당 안으로 들어갔다. 무사가 회자수 노인을 바라보며 조심스럽게 다시 입을 열었다.

"비구 스님들이 있는 사찰에 중군장의 따님이 저리 함께 있을 수가 있는 것입니까?"

"지금 병조판서의 며느리가 이곳에 머물고 있는데, 그 며느리를 지킨다는 명분으로 와 있는 것일세."

"병조판서의 며느리요?"

무사가 호기심이 가득한 눈빛으로 회자수 노인을 바라보았다. 날은 완전히 어두워지고 법당의 불빛이 창호지 사이로 흘러나왔다. 무사가 눈빛을 반짝이며 나지막하게 속삭였다.

"이곳 천천암에 대한 소문은… 대체 어디까지가 사실인 것입니까?"

"어디까지가 사실이냐니? 그러는 자네는 어디까지 소문을 들어본 것인가?"

"양반집 아씨들이 혼인해서 삼 년이 되도록 아이를 갖지 못하면, 이곳으로 백일기도를 온다는 소문이 있던데…."

"그건 맞는 말일세. 그런데 어떤 사실이 또 궁금하다는 것인가?"

"그러니까 그게 제가 듣기로는…."

무사가 제대로 말을 하지 못하고 머뭇거렸다.

5월이라고 하지만 산사의 밤은 급격하게 온도가 내려갔다. 저녁 예불이 끝나고 젊은 행자승들은 각자의 방으로 들어갔다.

천천암에는 다섯 개의 승방과 세 개의 객방이 있었다. 일반적인 암자보다는 규모가 커서, 행자승들은 세 명이나 되었다. 이상한 점은 행자승들이 계를 받아 승려가 되는 경우는 거의 없다는 것이었다. 더 이상한 점은, 행자승으로 있던 사람들은 스물다섯 살이 되기 전에 모두 절을 떠난다는 사실이었다.

병조판서의 며느리가 저녁 공양을 마치고 잠자리에 들었다. 며느리와 함께 올라온 몸종은 귀가 어두워서 사람 말을 잘 알아듣지 못했고, 무엇보다 저녁잠이 많아서 금세 잠에 빠져들었다. 판서의 며느리가 몸종의 눈앞에 손을 가져갔다.

"사월아. 내가 지금 목이 마르구나. 물을 좀 떠다 줄 수 있겠느냐?"

며느리가 나지막하게 속삭였다. 그것은 몸종을 깨우기 위한 것이 아니라, 깊은 잠이 들었는지 확인하기 위한 것이었다. 몸종이 아무런 반응을 보이지 않자, 며느리는 공양간으로 직접 나갈 수 있는 작은 쪽문을 열었다. 공양간의 가마솥에서는 물이 끓고 있었다. 며느리가 아궁이 앞으로 다가가 쪼그려 앉았다.

"아휴우, 오늘따라 아궁이에 장작불을 참 잘 피워놨구나."

며느리는 속곳 치마를 젖히고, 활활 타오르는 아궁이를 향해 다리를 활짝 벌렸다. 며느리의 치마 속에는 아무것도 가리는 것이 없었다. 며느리의 알몸이 아궁이 앞에 그대로 드러났다. 가마솥의 물은 점점 더 뜨겁게 달아오르고 있었다. 그때였다. 누군가 공양간 뒷문을 조심스럽게 두드렸다. 온몸이 달아오른 며느리가 얼굴을 붉히며 뒷문으로 다가갔다.

"거기 밖에 뉘시오?"

"예에 마님, 저 마루입니다."

며느리는 환하게 웃으며 뒷문을 열어주었다. 머리를 깨끗하게 민 마루라는 사내가 공양간 안으로 들어왔다. 마루는 아주 능숙한 동작으로 공양간 안쪽의 곡식 창고 문을 열었다. 창고 바닥에 멍석을 깔고, 그 위에 얇은 이불을 펼친 후에 마루가 며느리 앞으로 다가왔다. 며느리가 살짝 얼굴을 붉히며 입을 열었다.

"날이 아직 춥구나. 이곳에서 불을 더 쬐는 것이 좋겠구나."

"마님. 저는 이미 다 준비가 되어 있는데…."

"아니다. 아궁이의 이 따스한 기운을 더 받아들인 후에 들어가고 싶구나."

며느리가 마루의 손을 잡아끌고 아궁이 앞에 앉았다. 아궁이에 장작이 타오르면서 열기는 점점 더 가까이 다가오고 있었다. 마루가 뒤에서 며느리를 끌어안았다. 잔뜩 힘을 주고 있던 며느리의 다리가 스르르 풀리기 시작했다. 마루가 떨리는 목소리로 말했다.

"마님. 오늘따라… 왠지 이곳이 더 따듯합니다."

마루가 며느리의 치마를 옆으로 걷어 올렸다. 며느리가 다리를 활짝 펼쳤다. 며느리의 알몸이 아궁이 앞에 그대로 드러났다. 아궁이의 뜨거운 열기가 며느리의 아래로 파고들었다.

난초 그림 붉은 낙관

1882년 5월 20일 아침. 천천암 법당 뒤편의 삼성각.

병조판서의 며느리가 삼성각으로 올라왔다. 향을 피우고 있던 세령이 환한 미소로 며느리를 맞이했다. 며느리가 살짝 긴장한 눈빛으로 세령을 바라보았다.

"오늘 새벽에는 왜 나를 깨우러 오지 않은 것이냐?"

"마님께서 많이 피곤하실 듯하여 먼저 올라와 향불을 피우고 있었습니다."

"그… 그것은 어인 말이냐?"

며느리가 당황한 목소리로 고개를 살짝 돌렸다. 세령이 붉은빛이 도는 향나무 조각을 며느리 손에 들려주었다.

"소원을 성취하셨으니 이제 천천암 칠성님께도 예를 갖추셔야 하지 않겠습니까?"

"소원을 성취하다니? 너는 지금 그… 그게 무슨…."

"꼬리가 길면 밟히는 법입니다. 이미 회임을 하신 지 한 달이 넘어가니…. 남녀 간의 운우지정은 이 정도에서 멈추시고 댁으로 돌아가시는 것이 좋겠습니다."

세령의 말에 며느리는 두 눈을 크게 뜨며 뒤로 물러섰다.

세령이 며느리를 지그시 바라보았다.

"이곳에 더 머물게 되면 모두가 불행해집니다. 백일기도가 끝난 다음에 내려가면… 일곱 달 만에 아이를 출산하려고 그러시는 것입니까?"

며느리가 바닥에 털썩 주저앉았다. 향나무 조각을 쥐고 있던 며느리의 손이 바르르 떨렸다. 세령이 다정한 눈빛으로 며느리를 바라보았다.

"천천암에 오셔서 백일기도를 올리고, 하늘이 도우셔서 때에 맞춰 귀한 자녀분을 출산하신다면…. 이는 모두에게 좋은 일이 아니겠습니까?"

"그… 그러면 나는…. 뭘 어찌해야 하느냐?"

"이제부터 몸가짐을 더 단정히 하시고, 더 많은 사람에게 베풀고 사셨으면 좋겠습니다. 그래서 제가 꼭 한 가지 부탁드릴 일이 있는데…."

세령이 말을 멈추고 칠성신을 올려다보며 말했다. 며느리가 더욱 긴장한 모습으로 세령의 옆모습을 살폈다. 세령이 향로 위에 향나무 조각을 올렸다. 멍하니 서 있던 며느리도 세령을 따라 향로 위에 붉은 향나무 조각을 올렸다. 하얀 연기가 가늘게 피어올랐다. 세령이 두 손을 모으고 칠성신에게 기도하는 자세를 취했다.

"마님께서는 모르시겠지만, 지금 한양에 굶어 죽어가는 사람이 너무 많습니다."

"그런 말은 나도 들은 적이 있네. 그러면 나보고 빈민을 구제하라는…."

"아닙니다. 마님께서 어찌 그런 일에 직접 나서실 수가 있겠습니까? 마님께서는 회임을 하셨다는 기쁜 소식을 전해드리면서, 병조판서 나리를 설득해주셨으면 좋겠습니다."

"내가 뭘 말씀드리라는 것이냐?"

"지금 훈련도감 출신의 무위영 군인들이 쌀을 받지 못해 비참한 삶을 살고 있습니다. 마님께서 밀린 쌀을 지급해주도록 말씀해주신다면 이보다 큰 공덕이 또 있겠습니까?"

세령의 말에 며느리는 멍한 표정을 지으며 살며시 고개를 저었다.

"내가 아버님께 어찌 그런 말을 전할 수가 있단 말이냐? 며느리로서 한 집안의 일도 말씀드리기 어려운데, 어찌 나라의 일을 말씀드릴 수가 있겠느냐?"

"대가 끊길 집안에서 며느리가 임신을 했는데… 시아버님이 쌀을 내어주지 않으시겠습니까?"

"그것은 다른 문제가 아니냐? 내가 잘 말씀을 드려서 이곳 천천암에 쌀을 내리도록 해줄 수는 있으나…."

며느리의 말을 듣고 있던 세령의 눈빛이 싸늘해졌다. 세령이 칠성신 주변으로 올라가는 향불의 연기를 바라보며 서늘하게 말했다.

"한쪽에서는 매관매직으로 수십만 석의 쌀을 쌓아놓고, 한쪽에서는 한 줌의 쌀이 없어 굶어 죽어가고 있습니다. 이 불공평한 세상을… 하늘이 언제까지 지켜보기만 할 것이라 생각하십니까?"

"하… 하지만 내가 어찌 감히 아버님께 그런 말을…."

"불평등이 극에 달하면… 하늘은 절대로 가만있지 않습니다. 하늘은 쉽게 움직이지 않지만 한번 움직였다 하면 당신들이 아끼는 가장 소중한 것부터 갈가리 찢어 죽일 것입니다."

"가장 소중한 것이라면…."

"말 그대로 당신들이 가장 소중하게 여기는 것… 당신들이 목숨보다 소중하게 여기는… 당신들의 아들딸. 훈련도감 출신의 군인들은 먹을 것이 없어 자식을 내다 파는 지경에까지 이르렀는데, 당신들은 창고에 쌀이 썩어 넘쳐나도 모른 척하며 살아가니 하늘에 이른 원망이 그냥 넘어가리라 생각하십니까?"

세령이 며느리를 돌아보았다. 세령과 눈이 마주친 며느리가 덜덜 떨면서 털썩 엎드렸다. 삼성각 문 앞으로 하얀 고양이가 다가왔다.

1882년 6월 17일 밤. 운현궁 흥선대원군의 집.

흥선대원군이 회색빛 한지에 먹물을 묻힌 붓을 찍었다. 붓은 한동안 움직이지 않았다. 종이 위에 흘러내린 먹물은 흰 눈 위의 핏물처럼 번져나갔다. 윗목에서 대원군의 눈치를 살피던 선비가 조심스럽게 입을 열었다.

"대원군 나리! 이제 더 지체할 수 없사옵니다. 일평생 나라를 위해 목숨을 바친 군인들마저 저리 굶어 죽게 하신다면, 어떤 백성이 환란의 때에 나라를 위해 자신의 몸을 던지겠사옵니까?"

"내 그림에 대한 훈련대장의 답이 그것이더냐?"

"대원군 나리! 이렇게 그냥 두고만 보신다면…."

"너희들은 대체 내게 무엇을 바라는 것이냐? 주상전하가 나의 아드님이신데 아비가 되어 스스로 아들을 몰아내라는 것이냐?"

"나리! 그런 것이 아니오라 저 요망한 중전과 민씨 세력을 몰아내지 못한다면…."

선비는 차마 말을 잇지 못하고 방바닥에 이마를 찧으며 울부짖었다. 대원군이 천천히 붓을 움직였다. 가파른 절벽 위에 난초가 피어나고 있었다. 대원군이 붓을 멈추고 선비를 돌아보았다.

"지금 우리가 군대를 일으키면 청나라 군대가 가만있지 않을 것이야. 저 구중궁궐의 여우를 잡기 위해 칼을 드는 방법밖에 없단 말이냐?"

대원군의 말을 듣고 있던 선비는 아무런 말도 하지 못하고 방바닥에 엎드려 흐느껴 울었다. 대원군이 난초 그림에 붉은 낙관을 찍었다. 집사가 그림을 들어올려 선비의 머리맡으로 가져갔다. 선비가 고개를 들었다. 그의 이마에서 피가 흘렀다. 대원군이 서늘하게 말했다.

"동굴 속에 숨은 여우를 잡을 때는 칼이나 창보다는, 연기가… 쑥불의 매캐한 연기가 더 지극한 것이니라."

대원군의 말을 듣고 있던 선비가 의아한 표정을 지었다. 대원군이 손에 들고 있던 낙관을 책탁자에 내려놓았다.

"주상전하께서 전 훈련도감 중군장의 딸을 마음에 두고 있다는 말을 들었다. 내 귀에 들어올 정도면, 중전 그 요망한 여우가 모를 리가 있겠느냐? 그 여우는 작은 일에도 질투심이 타오르는 요물이다. 내 말이 무슨 뜻인지 알겠느냐?"

"지금 그 말씀은…."

"중군장의 딸이 주상전하를 모시도록 은밀하게 길을 열어라. 그리하면…."

대원군이 말을 멈추고 선비를 바라보았다. 선비가 비로소 대원군의 말뜻을 알아차리고 고개를 끄덕였다. 대원군이 책탁자에 갈색 종이를 펼쳤다.

"그리만 할 수 있다면 요망한 여우는 스스로 미쳐 날뛰다가

동굴 밖으로 뛰어나올 것이다. 여우 사냥은 그렇게 하는 것이
니라."

1882년 7월 4일. 병조판서의 집 별채.

여종이 다급한 걸음으로 별실 마루로 올라왔다.

"마님! 그 미친 비구니 년이 또 찾아왔습니다요!"

거울 앞에서 머리를 매만지고 있던 병조판서 며느리가 얼
굴을 찡그렸다.

"쌀을 조금 내줘서 돌려보내거라."

"제가 그렇게 하려고 했지요. 그런데 오늘은 죽어도 마님을
만나야겠다며 행랑채 마루에 버티고 앉아 있어요."

"그년을 집안으로 들어오게 했어?"

"어쩌겠어요? 그년 눈빛이 하도 범상치 않아서 행랑아범도
쩔쩔매는 걸요."

여종의 말에 며느리는 떨떠름한 표정을 지으며 한숨을 내
쉬었다.

"하아! 나 참…. 그 비구니 년을 때려죽일 수도 없고 어찌하
면 좋단 말이냐?"

"마님! 쇤네가 전에도 말씀드린 적이 있습니다만…."

여종이 은밀한 눈빛을 반짝이며 며느리를 올려다보았다.

며느리가 살짝 눈살을 찌푸렸다.

"설마하니 너는 또 그 무당 이야기를 하는 것이냐?"

"예에 마님. 지금은 그 방법밖에 없습니다요. 만약 저 비구니 년이 천천암에서 있었던 일을 입 밖에 내어 소문이라도 퍼지게 되면….."

며느리가 방바닥을 세차게 내리치며 여종을 쏘아보았다. 여종이 깜짝 놀라서 양손으로 입을 가렸다. 며느리가 다시 길게 한숨을 내쉬며 고개를 저었다.

"아버님이 무당이라면 끔찍하게 싫어하는데, 나중에라도 집안에 무당을 들인 것을 알게 되면 큰 사단이 날 것이다."

"하지만 그 무당이 아니면… 저 비구니 년을 어찌 쫓아낼 수 있겠어요? 마님 말대로 때려죽일 수는 없지 않겠어요?"

"말이 그렇지 진짜 그럴 수는 없지. 천천암에서 백일기도를 올리고 아이를 가졌는데, 천천암 스님에게 해를 가한다면….."

며느리는 자신의 배를 조심스럽게 어루만지며 고개를 저었다. 여종이 더 은근한 눈빛으로 며느리를 바라보았다.

"그러니 그 영인암 무당의 도움을 받는 방법밖에 없지요."

"그 무당이 잘 해낼 수 있을까?"

"말해 무엇하겠어요. 쌀 삼십 석만 내주면 그 무당이 액막이굿은 물론이고, 마님께서 보고 싶지 않은 것은 깨끗이 치워준다고 했어요."

여종의 말을 듣고 있던 며느리가 천천히 고개를 끄덕였다.

1882년 7월 16일 밤. 광희문 밖 주막.

세령이 지친 걸음으로 주막 안으로 들어왔다. 주모가 깜짝 놀라 달려가 객방으로 세령을 안내했다. 주모가 방문을 닫으며 안타까운 표정을 지었다.

"오늘도 병조판서 댁에서 오시는 길이세요?"

세령은 힘없이 고개를 끄덕였다. 주모가 씁쓸한 눈빛으로 세령을 바라보았다.

"이제 아씨도 그만하세요. 훈련원 출신 군인들이 굶어 죽거나 말거나 아씨께서 뭘 어찌하시겠어요?"

"나라고 해서 이러고 싶어 이러겠는가? 아버님이 밤마다 꿈에 나타나 춥고 배고프다며 울고 계시는데…."

"에휴우 참. 그나저나 그 훈련도감 출신 군인들이 먹고살 방법이 없어서 아이들까지 파는 지경이라는데… 진짜 그런 걸까요?"

"아이를 팔아 서로 살아남으면 그나마 다행이지. 온 식구가 다 같이 극단적인 선택을 하는 경우도 있으니…."

세령이 어두운 천장을 바라보며 주르르 눈물을 흘렸다. 주모가 세령의 눈치를 살피다가 숭늉 한 그릇을 떠왔다.

"천천암에서도 쌀을 내놓았다고는 하던데, 그걸로는 소용이 없지요?"

"그렇지. 그 부족한 곡식으로 간에 기별이나 가겠나?"

"저기 그런데 들리는 소문에 의하면…."

주모가 목소리를 바짝 낮추며 세령에게 가까이 다가갔다. 밤늦은 시간이라서 주막에는 손님이 한 명도 없었으나 주모는 매우 조심스러운 눈치였다.

"…천천암에 동학교주가 왔었다는 말이 있던데, 아씨는 혹시 알고 계셨나요?"

"동학교주? 글쎄 나는 처음 듣는 말이네. 누가 그런 말을 하던가?"

"그래요? 저는 그 환술사에게 들었는데… 괜한 헛소리였나?"

"환술사 그 사람은 도대체 정체가 뭔가? 듣자하니 영인암에서 그 요사스러운 무당과 한패가 되어 혹세무민하고 있다면서?"

세령이 못마땅한 표정으로 주모를 바라보았다. 주모가 뒤로 살짝 물러나 앉으며 어색한 미소를 지었다.

"아씨께서 그 영인암 무당을 싫어하시는 건 잘 알지만, 환술사는 너무 미워하지 마세요. 아씨께서 그리 만나고 싶어 하는 나반 도령을 제대로 챙겨주는 것은, 그래도 그 환술사밖에 없답니다."

주모의 입에서 '나반'이라는 말이 나오자 세령의 눈빛이 반짝였다. 주모는 그럴 줄 알았다는 듯이 미소를 지으며 세령 앞으로 다가앉았다.

"지금 나반 도령이 어디에 머물고 있는지 아세요?"

"지난번에 강화도로 간다고 하지 않았던가?"

"항상 떠나려고는 하는데 뭐가 잘 안 맞나 봐요."

"그래서 지금 나반 도령은 어디에 있는데?"

세령의 말에 주모가 은근한 눈빛을 하며 나지막하게 속삭였다.

"나반 도령은 지금, 바로 그 무당과 환술사가 있는 영인암에 있습니다."

"영인암에? 아니 그 요사스러운 무당 년이 무슨 일을 벌이면 어쩌려고…."

"흐잇! 아씨 잠시만요? 혹시 지금… 무슨 소리 듣지 못하셨어요?"

주모가 눈을 크게 뜨며 문 바깥의 기척을 살폈다. 세령도 긴장한 눈빛으로 귀를 기울였다. 주막 안뜰에서 발걸음 소리가 들리는가 싶더니 뒷문 쪽에서도 이상한 기척이 느껴졌다. 그때였다. 방문 앞에 앉아 있던 고양이 울음소리가 날카롭게 들리고 사람의 비명이 울려 퍼졌다.

"하그으! 끄으아앗!"

주모가 방문을 열었다. 검은 복면을 쓴 사내가 주막 안뜰에 쓰러져 얼굴을 움켜잡고 있었다. 하얀 고양이가 사내의 목을 물어뜯었다. 주모는 다리에 힘이 풀려 털썩 주저앉았다. 세령이 자리에서 일어나 마루로 뛰어나갔다.

"백호! 백호야! 사람을 죽여서는 아니 된다!"

사내의 목을 물고 있던 하얀 고양이가 뒤로 물러섰다. 복면을 쓴 사내가 옆으로 몸을 굴렸다. 세령이 안뜰로 내려가 하얀 고양이를 끌어안았다. 세령이 조심스럽게 안뜰에 쓰러져 있는 사내에게 다가갔다.

"누구냐? 도대체 뭐 하는 자들이…?"

세령이 허리를 숙여 사내를 살피려는 순간. 객방의 뒷문이 열리면서 또 다른 복면을 쓴 사내가 들이닥쳤다. 방바닥에 주저앉아 있던 주모가 소리도 지르지 못하는 사이에, 사내는 마루로 나가 세령을 향해 쇠구슬을 날렸다. 고양이가 세령의 품에서 빠져나와 사내에게 달려들었으나, 검은 복면은 다시 쇠구슬을 날렸다. 공중으로 뛰어올랐던 고양이가 쇠구슬을 맞고 바닥에 털썩 쓰러졌다. 세령이 깜짝 놀라서 고개를 돌리는 순간, 또 다른 쇠구슬이 날아왔다. 세령이 평상 옆의 땅바닥으로 풀썩 쓰러졌다.

1882년 7월 21일 오후. 운현궁 흥선대원군의 집.

붉은 깃발을 든 훈련도감 출신의 무위영 군인들이 대문 앞에 도열해 있었다. 흥선대원군이 대문 앞마당으로 나오자 무위영 군인들이 예를 갖춰 허리를 숙였다. 군인들을 이끄는 포수장이 앞으로 나섰다.

"대원군 나리! 명정전으로 모시겠습니다!"

"우리 형님이 돌아가셨다는 말을 들었다. 확실한 것이냐?"

"예! 바로 처단하였사옵니다!"

군인들의 말을 듣고 있던 흥선대원군이 긴장된 눈빛으로 입을 열었다.

"붉은 여우는 잡았느냐?"

"중전은 아직 잡지 못하였사오나 도성을 빠져나가지는 못하였사옵니다."

"우리 큰아들 재면이가 무위대장에 임명되었느냐?"

"예에! 이미 모든 병권을 장악하였사옵니다."

"명전전에는 누가 있느냐?"

"조정의 신료들이 모두 입궐해 있사옵니다."

흥선대원군이 흡족한 얼굴로 가마에 올랐다. 붉은 깃발을 든 무위영 군인들이 앞장을 섰다. 청룡과 백호의 깃발이 힘차게 펄럭거렸다.

하얀 호랑이의 살기

대원군 일행이 운현궁 앞 골목을 빠져나오자 백성들이 구름처럼 몰려들었다. 그들은 대원군이 경복궁을 중건하면서 세금을 가혹하게 거둬들이고 노역을 일삼자, 이를 갈던 사람들이었다. 하지만 대원군이 실각하고 민씨 세력이 득세하자 이제는 대원군을 그리워하고 있었다.

"와아! 저기 대원군이시다. 붉은 여우를 몰아낸 우리 대원군이시다!"

임오군란의 무서운 기운이 들불처럼 번져가고 있었다.

1882년 7월 21일 저녁. 광희문 밖 주막집.

중궁전 전별감이 주변을 경계하며 주막 안으로 급하게 들어왔다. 주모는 사람이 들어와도 멍한 표정으로 앉아 있었다. 전별감이 다급한 목소리로 말했다.

"날이 저물어서 그런데 예서 잠시 쉬어갈 수 있겠는가?"

"아니요. 지금 집안에 우환이 있어서 아무것도 해드릴 것이 없어요."

"조용한 잠자리와 저녁 한 끼면 된다네. 방값은 넉넉히 쳐

주겠네."

"돈이 문제가 아니라 지금 해드릴 수가 없어요."

주모는 넋이 나간 표정으로 손사래를 쳤다. 전별감이 전대를 내놓으며 말했다.

"하룻밤만 묵게 해주면 세 냥을 주겠네."

"세 냥이고 자시고 그럴 수가 없는 형편이라고요."

"그럼 내가 닷 냥을 내겠네."

"됐다고요. 지금 사람이 죽었는지 살았는지 모르는데 그까짓 돈이 다 무슨 소용이…."

"흐음. 그러면 내가 열 냥을 내겠네. 우리 여섯 사람 오늘 저녁과 내일 아침상까지 부탁하네."

열 냥은 쌀 두 섬을 살 수 있는 큰돈이었다. 세령이 납치된 후에 정신을 차리지 못하고 있던 주모가 눈을 크게 떴다.

"아니 아무리 난리가 났어도 그렇지. 그렇게 큰돈을 어찌 주시겠다는 것인지…."

"우리 마님이 시댁으로 돌아가시는 길인데, 자네도 알다시피 뱃길이 막혀서 방을 구할 수 없어서 그러네."

"그게 뭐 정 그러한 상황이시라면…."

주모가 마루에서 일어나면서 손을 내밀었다. 전별감이 전대에서 돈을 꺼내 주모의 손에 들려주었다. 주모가 마루와 방을 닦는 사이에 붉은 가마 하나가 주막으로 들어왔다. 가마의 문이 열리고 초췌한 모습의 민비가 밖으로 나왔다. 전별감이 주변의 눈치를 살피며 민비를 객방으로 안내했다. 주모가 민비를 보고 멍한 표정을 지었다.

"하이고오! 이렇게 귀한 마님이 오시는 줄 알았으면 안방을 치워드리는 건데….'

주모가 호들갑을 떨자, 전별감이 조용히 하라는 표정으로 책망을 했다. 여염집 여인의 복장을 한 나인이 객방 문을 열자, 민비가 얼굴을 찡그리며 안으로 들어갔다. 그 모습을 지켜보던 주모가 전별감 옆으로 다가섰다.

"뉘시래요? 참 곱게도 생기셨네."

"정동 김 대감 댁 따님이실세. 모처럼 친정에 들리셨다가 시댁으로 돌아가는 길일세."

전별감이 매섭게 눈을 뜨자 주모는 더 묻지 못하고 부엌으로 향했다. 주모는 정성껏 상을 차려서 객방으로 가지고 향했다. 벽을 보고 쪼그려 앉아 있던 민비가 살짝 돌아섰다. 주모가 민비를 조심스럽게 바라보며 입을 열었다.

"귀하신 마님께서 입에 맞으실지 모르겠네요."

주모의 말에 민비가 고개를 살짝 끄덕였다. 주모는 민비의 그런 모습을 보면서 안타까운 표정을 지었다.

"에흐이! 세상에나 이렇게 고운 마님께서 어쩌다 이리 고생을 하시는지 모르겠네요."

주모가 방을 나가지 않고 수다를 떨자, 문밖에 있던 전별감이 헛기침을 했다. 방에서 빨리 나오라는 신호였다. 하지만 주모는 들은 척도 하지 않고 민비 앞으로 수저를 내밀면서 빨리 드셔보라는 동작을 취했다.

"어서 수저를 들어보세요. 궁궐의 그 요망한 붉은 여우가, 상감마마의 총기를 흐리는 통에 이 난리가 났지만…. 이럴 때일수록 정신 바짝 차리고 살아야지요."

주모의 당찬 말투에 민비가 고개를 푹 숙였다.

다음 날 새벽.

객방 문 앞에서 민비의 방을 지키던 전별감이, 피곤한 눈을 비비고 자리에서 일어나면서 헛기침을 했다. 잠시 후, 객방 안에 있던 나인이 조심스럽게 밖으로 나왔다. 전별감이 조심스럽게 입을 열었다.

"마마께서는 잘 주무셨느냐?"

"예. 방도 따듯하고 고단하셔서 그런지, 궁에서보다 훨씬 더 잘 주무셨습니다."

"다행이구나. 나는 지금 마포나루에 다녀올 것이니, 떠날 채비를 하거라."

"나루터 길이 모두 막혔는데 괜찮으시겠습니까?"

"군졸들에게 금붙이를 내놓을 생각이다. 마마께서 불편하시지 않도록 잘 준비하거라."

전별감은 나인에게 지시를 내린 후에, 평상에서 자고 있는 가마꾼들에게도 주변을 잘 살피라는 명령을 내렸다. 전별감이 마포나루로 떠난 후에, 안방에서 주모가 늘어지게 하품을 하며 밖으로 나왔다. 그때 사립문을 열고 사냥꾼이 들어왔다. 사냥꾼은 총을 든 채 매우 들떠 있었다. 주모가 반갑게 자리에서 일어나며 인사를 했다.

"아니 포수 어른이 이 시간에 어쩐 일이래요?"

"어! 주모도 벌써 일어나 있었네. 어제 사공에게 듣자하니 장사를 시작했다면서?"

"아니에요. 세령 아씨가 어디 계신지 모르는데 제가 어찌 장사를 하겠어요?"

"에잉? 그러면 여기 이 손님들은 다 뭐란 말인가?"

사냥꾼이 의아한 표정으로 나인과 가마꾼들을 바라보았다. 주모가 손사래를 치며 부엌으로 들어갔다.

"그건 뭐 불가피한 사정이 있어서 잠깐 하룻밤 재워준 거예요. 그나저나 포수 어른도 궁궐에 들어가셨었다면서요?"

"캬하! 그야 당연하지. 내가 그 재미있는 자리에 가지 않을 수가 있나?"

사냥꾼은 총을 안방 마루 옆에 놓으며 큰소리를 쳤다. 주모가 부엌에서 숭늉을 내오며 사공을 바라보았다.

"내 그럴 줄 알았어요. 궁궐에 들어가서 그 여우 년 좀 잡았어요?"

"여우 년? 아하 그 민비 년!"

"예. 그 중전을 잡아서 이번 기회에 팔자를 고치신다더니 낯짝은 봤어요?"

"모르겠어. 훈련도감 출신 포수들이 아주 신이 나서 날뛰는데, 나도 막 정신없이 총을 쏴대다가 나왔어."

두 사람이 말하는 소리를 듣고 있던 나인이 겁을 집어먹고 민비가 있는 객방으로 들어갔다. 사냥꾼이 나인의 뒷모습을 바라보며 주모에게 물었다.

"어느 댁 사람들인가? 가마를 보아하니 제법 지체 높은 집 사람들 같은데?"

"그 뭐라더라? 정동 김 대감 댁인가 거기 따님이라네요."

"이 난리 통에 무슨 일이래? 군인들은 물론이고 이태원 거지부터 왕십리 무당들까지 아주 신이 나서 날뛰고 있던데…."

사냥꾼이 고개를 갸웃거리며 가마꾼 앞으로 다가갔다.

"여보쇼. 지금 어디서 오신 분들이쇼?"

사냥꾼의 거친 목소리에 가마꾼은 고개를 돌리며 아무 말도 하지 않았다. 사냥꾼이 가마꾼의 어깨를 툭 쳤다.

"이봐! 사람이 말을 하면 아는 체를 해야 할 거 아냐?"

하지만 가마꾼은 아무런 대꾸도 하지 못하고 옆으로 비켜섰다. 평상에 앉아 있던 젊은 가마꾼이 사냥꾼 앞으로 다가갔다.

"저기 어르신! 저희는 조용히 있다가 그냥 가려는 사람들입니다."

"허어! 참 나 이것들이! 여봐! 내가 뭐라고 했어? 그냥 어디서 온 사람들이냐 물어보지도 못해?"

사냥꾼이 젊은 가마꾼 앞으로 바짝 다가섰다. 젊은 가마꾼이 겁을 먹고 뒤로 물러서다가 뒤로 넘어졌다. 사냥꾼이 당황을 해서 가마꾼에게 손을 내밀었다. 하지만 겁에 질린 가마꾼은 두 팔로 얼굴을 가리며 바들바들 떨었다. 객방에서 나오던 나인이 총을 든 사냥꾼을 보고 비명을 질렀다.

"끄으아아앗!"

궁궐에서 도망쳐 나올 때부터 심신이 모두 지쳐 있던 나인이 그대로 주저앉았다. 그때였다. 전별감이 칼을 빼들고 사립문 안으로 들어섰다.

"네 이놈! 게 멈추거라!"

전별감의 칼은 살기가 넘쳐흘렀다. 사냥꾼이 깜짝 놀라서 뒤로 물러섰다. 사냥꾼은 주춤주춤 뒤로 물러서며 총을 집어들었다. 그 순간 전별감이 사냥꾼을 향해 달려들었다. 사냥꾼이 양손으로 총을 들어 전별감의 칼을 간신히 막았다. 전별감이 다시 칼을 높이 치켜들었다. 그 순간. 주먹만 한 돌이 날아와 전별감의 뒷머리를 가격했다.

"흐그어엇!"

전별감이 앞으로 넘어졌다. 나인이 비명을 질렀다. 객방 문이 열리고 민비가 얼굴을 내밀었다. 나반이 사립문을 열고 주막 안으로 들어왔다.

"뭐 하는 놈들이냐?"

나반의 목소리는 낮았으나, 서늘하고 단호했다. 민비는 숨도 제대로 쉴 수가 없었다. 나인은 마루에 털썩 주저앉아서 바들바들 떨고 있었다. 전별감이 정신을 차리고 일어서려고 했다. 나반이 대나무를 높이 들었다. 대나무가 매섭게 바람을 가르며 전별감의 머리를 내리쳤다. 전별감이 풀썩 고꾸라졌다. 주모가 부엌에서 뛰쳐나왔다. 하얀 고양이가 주모 앞으로 다가왔다. 주모가 깜짝 놀라서 고개를 돌렸다. 세령이 주막 안으로 들어서고 있었다. 주모가 두 눈을 크게 떴다.

"세… 세령 아씨…."

세령이 평상 앞으로 다가오면서 민비를 노려보았다. 민비는 아주 커다란 호랑이를 마주한 느낌이었다. 지금까지 그 누구에게서도 느껴본 적이 없는 살벌한 힘이었다. 세령에게서 느껴지는 싸늘한 기운이 민비의 온몸으로 파고들었다. 민비는 입술이 새파랗게 변해가면서 바들바들 떨기 시작했다. 세령이 민비 앞으로 다가갔다.

"마님은 어디서 오셨는지요?"

민비가 입술을 파르르 떨면서 세령을 바라보았다.

"사… 살려주게나."

"예? 제가 왜 마님을 해치리라 생각하시나요?"

세령이 민비 앞으로 더 바짝 다가섰다.

"혹시 마님께서는…?"

세령이 의심스러운 눈초리로 민비를 노려보았다. 민비는 세령에게서 뿜어져 나오는 살벌한 기세에 숨도 쉴 수가 없었다. 세령이 서늘하게 입을 열었다.

"…저 궁궐의 중전마마처럼 백성들의 고혈을 쥐어짜기라도 하신 건가요?"

"나는… 나는 다만…."

민비가 세령의 눈빛에서 벗어나려고 발버둥을 쳤다. 하지만 아무리 간교한 여우라 하더라도, 호랑이의 기운에서 빠져나갈 수는 없었다. 민비는 더 버티지 못하고 객방 문지방에 털썩 쓰러졌다.

푸른 안개

주모가 깜짝 놀라서 세령에게 달려왔다.

"아씨! 하이고오, 세령 아씨! 이게 원 도대체 어찌된 일이신 가요?"

세령이 민비에게서 시선을 거두고 주모를 돌아보았다. 주모가 눈물을 흘리며 세령의 손을 잡았다.

"흐아이고오! 세령 아씨! 이게 진정 어찌된 일이랍니까? 하이고오!"

세령이 주모의 어깨를 토닥이며 다정하게 말했다.

"자네가 나 때문에 걱정이 많았지?"

"말씀도 마세요. 저는 아씨가 납치되신 후에 하루하루 죽을 생각만 하고 있었지요."

"그래. 걱정하게 해서 미안하네. 그나저나 이 마님부터 어찌 챙겨야…."

"에이, 뭐 곧 깨어나겠지요. 지금 아씨가 오셨는데 이런 여인네가 대수겠습니까?"

주모는 세령의 손을 잡고 환하게 웃었다. 나반이 전별감의 칼을 빼앗고 사냥꾼은 전별감을 밧줄로 묶었다. 나반이 가마꾼 앞으로 다가섰다.

"어느 댁에서 오시는 길이오?"

"저희는 그냥 광희문 앞에서 군인들이 싸우는 모습을 구경하고 있었는데…. 저분이 가마를 들어주면 세 냥씩을 준다고 하기에…."

가마꾼은 안방 마루 기둥에 묶여 있는 전별감을 가리켰다. 나반이 서늘한 눈빛으로 문지방에 쓰러져 있는 민비를 바라보았다. 그때였다. 천천암 회자수 노인이 죽장을 들고 천천히 주막 안으로 들어왔다. 주모가 깜짝 놀라서 회자수 노인을 바라보았다.

"아니 어르신께서는 여기에 어쩐 일로…?"

"여기 나반 도령과 세령 아씨를 따라왔지."

"예에? 그러면 세 분이 같이 오신 거예요?"

회자수 노인이 고개를 끄덕이며 마루에 걸터앉았다. 세령은 회자수 노인에게 두 손을 모아 예의를 갖춘 후에 문지방에 쓰러져 있는 민비 앞으로 다가갔다.

"주모! 나 좀 잠깐 도와주시겠나?"

세령의 말에 주모가 빠르게 다가가 민비의 어깨를 잡았다. 세령과 주모는 민비를 양쪽에서 부축하여 객방 안에 눕혔다.

잠시 후.

주모는 부엌으로 들어가서 쌀을 씻기 시작했다. 세령이 아

120

궁이에 불을 피우며 안방 마루에 앉아 있는 나반을 바라보았다. 주모가 의아한 눈빛으로 세령을 돌아보았다.

"아씨. 이게 대체 어찌된 일인가요? 나반 도령은 어디서 만나고, 회자수 영감은 또 어디서…?"

"지금 천천암에서 내려오는 길일세."

"예에? 아니 쇤네가 천천암을 세 번이나 갔었는데, 아씨 소식은 전혀 모른다고 하던데요? 그때 회자수 노인도 모른다고 하셨어요."

세령이 빙긋이 웃으며 고개를 끄덕였다.

"그렇지 않아도 주모가 내 걱정을 많이 한다고 해서 서둘러 내려온 것이라네."

"그러면 설마하니 천천암에 계속 있으셨던 건가요?"

"아니야. 내가 깨어난 곳은 동소문 의원집 약방이었고, 천천암에는 사흘 전에 올라갔었지."

"아니 그게 대체 무슨 말씀이신지?"

주모가 의아한 눈빛으로 세령을 바라보았다. 세령은 나반을 물끄러미 바라보다가 살며시 미소를 지었다.

"동소문 의원 말에 의하면…. 나반 도령이 나를 업고 왔다고 하네. 내가 며칠간 깨어나지 못했는데, 나반 도령이 나를 극진하게 간호해줘서…."

세령은 얼굴을 살짝 붉히며 다시 나반을 바라보았다.

세령을 납치한 사람들은 무당의 사주를 받은 보부상들이었다. 보부상들은 주막에서 세령을 납치하여 마포나루로 끌고 갔다. 주변 눈치를 살피며 나무 궤짝을 열던 보부상이, 세령의 얼굴을 가리고 있던 광목천을 들췄다.

"히야아! 아니 이 비구니 중 년이 이리 절색이었어?"

보부상이 혼절해 쓰러져 있는 세령의 볼을 쓰다듬었다. 뱃전에서 쇠구슬을 닦고 있던 검은 복면을 쓴 자가 보부상의 손을 내리쳤다.

"쓸데없는 생각 하지 마라. 백련사 무당이 누군지 몰라서 이러느냐?"

"에이 형님 왜 이러십니까? 그 무당이 죽어서 데려와도 된다고 하지 않았습니까?"

보부상은 입맛을 쩝쩝거리곤 세령의 목을 쓰다듬으며 옷고름에 손을 가져갔다. 세령의 가슴이 살짝 드러나자 보부상의 눈빛이 번뜩였다.

"햐아! 이년 속살 보게. 이거 솜털이 보송보송한 것이 아주 죽여주네."

보부상이 세령의 옷고름을 풀고 가슴을 더듬으려는 순간 검은 복면이 벌떡 일어섰다. 검은 복면의 발이 보부상의 등짝을 내리쳤다.

"다 된 밥에 재를 뿌릴 셈이냐?"

"끄으으… 아니 형님 진짜 왜 이러십니까? 지나가는 비구니 중 년은 그냥 벗겨 먹어도 허물이 없는 세상에서, 잡은 물고기도 먹지 못합니까?"

보부상은 허리를 움켜잡으며 소리를 질렀다. 검은 복면이 주변을 살피며 보부상의 얼굴에 주먹을 들이댔다.

"아가리 닥치지 못해! 지금 누가 보기라도 하면 어쩌려고 이래?"

"누가 보면 어떻습니까? 한밤중에 길거리를 돌아다니는 비구니 중 년은 보는 놈이 임자인데… 지금 이년의 뽀얀 속살을 보고도 그런 말을 하십니까?"

보부상의 말에 검은 복면이 세령을 돌아보았다. 검은 복면의 눈빛이 미묘하게 변해갔다.

"그러고 보니 아까는 정신이 없어 몰랐는데… 참으로 절색이로구나."

검은 복면이 세령의 옆으로 바짝 다가앉았다. 검은 복면이 세령의 가슴으로 손을 가져가려는 순간, 주먹만 한 돌이 검은 복면의 뒤통수에 꽂혔다. 검은 복면이 그대로 풀썩 쓰러졌다. 보부상이 깜짝 놀라서 돌아섰다. 긴 대나무 막대를 든 사내가 공중으로 날아오르는가 싶더니 한순간에 뱃전 위로 올라섰다. 보부상이 품속에서 쇠구슬을 꺼내려 했으나, 대나무가 바람을 가르며 보부상의 머리를 내리쳤다. 나반이었다. 나반이 꿈틀거리는 보부상의 옆구리를 세차게 걸어찼다. 보부상이 꼼짝도 하지 못하고 엎어졌다. 나반의 손이 세령의 볼에 닿았다.

"세령 아씨! 정신 차리시오! 세령 아씨!"

나반이 애잔한 눈빛으로 세령의 볼을 쓰다듬었다. 세령이 아득한 안개 속에서 눈을 떴다. 모든 것이 꿈만 같았다. 마포나루의 푸른 안개 속에 나반이 있었다. 바람 한 점 불지 않았고 주변에는 아무것도 보이지 않았다. 세령이 간신히 손을 들어 올렸다.

"아아… 나반…."

나반이 세령의 손을 잡았다. 나반의 손은 따뜻했다. 세상의 모든 서러움을 달래주는 부드러운 손길이 거기에 있었다. 세령의 눈에서 주르르 눈물이 흘러내렸다.

"…오래 … 아주 오랜 시간 기다렸어요."

세령은 푸른 안개에 싸인 나반의 모습이 꿈인지, 마음속에 스쳐가는 기억들이 꿈인지 분간할 수가 없었다. 쌓이고 쌓인 슬픔이 일시에 밀려왔다. 나반이 세령의 손을 꼭 잡았다.

"…아무것도… 이제 아무것도 두려워 말고 여기 있어요."

나반의 온화한 목소리가 세령의 귓전에 닿았다. 배는 강물을 따라 푸른 안개 속으로 흘러갔다. 바람은 불지 않았고 세령의 마음에 쌓여 있던 서러움이 사르르 녹아내리고 있었다. 푸른 안개에 휩싸인 새벽이었다.

주모는 여전히 이해할 수 없다는 듯이 고개를 갸웃거렸다.

"그러니까 아씨가 여기서 괴한들에게 납치된 후에 깨어나 보니 동소문 의원이었다? 그러면 동소문 의원이 아씨를 납치한 건가요?"

"무슨 소리를 하는 건가? 나반 도령이 나를 업고 그곳으로 갔다니까…."

"하아! 참…. 아니 그러면 나반 도령이 아씨를 납치했단 말인가요?"

주모의 말에 세령은 어이가 없다는 듯이 웃음을 터뜨렸다. 하지만 주모는 정색을 하며 나반을 노려보았다.

"하여간에 사내들이란? 겉으로는 아닌 척하면서 속으로는 아주 별별 생각을 다하는 족속들이라서…."

"무슨 말을 그리하는 것인가? 아무려면 나반 도령님이 그러실 분이겠는가?"

"아니, 그러면 아씨를 어찌 발견해서 동소문 의원 집으로 데리고 갔느냐 이거예요?"

주모가 답답하다는 듯이 가슴을 치며 세령을 바라보았다. 세령이 아궁이에 나무를 꺾어 넣으면서 나지막하게 속삭였다.

"동학교주님이 한양에 오신 것은 알고 있었지?"

"예에. 저도 소문으로 들었지요. 그런데 동학교주님 말씀은 왜 하시는지…?"

"으음. 내가 괴한들에게 납치되어 마포나루로 끌려갔는데, 거기서 나를 발견하신 분이 바로 그 동학교주님 일행이었다고 하네."

"동학교주님 일행이라면…."

"그 교주님과 호위무사, 회자수 어른…. 그리고 바로 저기 나반 도령님."

세령의 말을 듣고 고개를 끄덕이던 주모가, 갑자기 표정이 바뀌면서 부엌 문 사이로 보이는 나반을 흘깃 바라보았다.

"그러면 혹시 나반 도령도 동학교도인가요?"

"아니. 회자수 어른께 이번에 들었는데…."

세령이 한 손으로 입을 가리며 주모에게 가까이 오라고 손짓했다. 주모가 눈을 반짝이면서 세령 옆으로 다가앉았다. 세령이 나지막한 목소리로 속삭였다.

"회자수 어른이 말씀하시기를… 나반 도령은 동학교주님도 어찌할 수 없는 귀한 분이시라네."

"예? 동학교주님도 어쩔 수 없다니 지금 그게… 무슨 말씀이래요?"

주모가 멍한 눈빛으로 세령을 바라보았다. 세령이 조심스럽게 나반을 살펴본 후에 주모의 귀에 대고 속삭였다.

"회자수 어른이 어떤 분인지는 자네가 나보다 더 잘 알지 않는가?"

"그거야 뭐…. 회자수 어른은 사람들이 하기 싫어하는 세상 굿은일은 다 하면서도 절대로 밖으로 나서지 않는 분이시지요."

주모가 마루에 앉아 있는 회자수 노인을 조심스럽게 돌아보았다. 회자수 노인은 지그시 눈을 감고 있었다. 세령이 아궁이의 불을 조절하면서 나지막하게 속삭였다.

"회자수 어른이 말씀하시기를… 가장 강한 힘을 가진 사람은 힘을 다스릴 줄 아는 사람인데, 나반 도령의 힘은… 사람이 넘볼 수 없는 경지라고 하셨다네."

"사람이 넘볼 수 없는 경지? 그게 대체 뭔 말이래요?"

"동학교주님께서 나반을 보는 순간 그러셨다고, 회자수 어른이 말씀하셨어."

"저는 무슨 말인지 이해를 못하겠어요. 사람이 넘볼 수 없는 경지는커녕, 나반 도령이 하는 행동을 보면…. 어디 가서 맞아 죽기 십상이던데…."

주모는 밥물이 끓어넘치는 가마솥을 보면서 고개를 저었다. 갓 지은 밥 냄새가 퍼져나가자 사냥꾼이 코를 벌름거리며 부엌 앞으로 다가왔다. 주모는 아궁이의 불기운을 조절하며 뜸을 들이고, 솥뚜껑을 열어서 밥의 상태를 확인하며 궁시렁거렸다.

"지난번에는 하도 급해서 나반 도령에게 밥을 좀 살펴봐달라고 했더니 새까맣게 태워 먹지를 않나, 장독대의 참새를 잡는다고 항아리를 깨버리지를 않나….”

세령이 의아한 눈빛으로 주모를 바라보았다.

“자네 뭐라고 그리 중얼거리고 있는 건가?”

“나반 도령이요. 가만 보면, 매우 둔하고 눈치도 없고 세상 살아가는 요령도 하나 없는데….”

세령이 날카로운 눈빛으로 주모를 쏘아보았다. 주모는 그러거나 말거나 계속 중얼거리면서 아침 밥상을 준비했다.

세령과 주모는 부엌에서, 회자수 노인과 사냥꾼과 나반은 마루에서 아침을 먹었다. 세령과 나반의 기운에 눌린 가마꾼 네 사람도 평상에 앉아서 얌전히 밥그릇을 비우고 있었다. 주모가 숭늉을 떠서 회자수 노인에게 가져갔을 때, 마루 기둥에 묶인 전별감이 눈을 떴다. 주모가 깜짝 놀라서 소리쳤다.

바퀴를 굴리는 하늘의 이치

"하이고오! 이 양반 이제 정신을 차렸네."

주모가 전별감의 움직임을 살피며 나반을 바라보았다. 나반이 수저를 내려놓고 전별감 앞으로 다가왔다.

"이제 정신이 좀 드쇼?"

"네… 네놈이 지금 이게 무슨…."

"걱정 마쇼! 당신이 모시는 마님은 지금 저 방 안에 모셨소."

나반은 민비가 누워있는 객방을 가리켰다. 전별감이 주변을 둘러보다가 밥을 먹고 있는 가마꾼들을 발견했다. 전별감은 눈을 부라리며 가마꾼들을 노려보았다. 하지만 가마꾼들은 별로 놀라는 기색도 없이 편안한 모습으로 밥을 먹었다. 나반이 전별감을 찬찬히 살펴보며 말했다.

"밧줄을 풀어줄 것이니 다른 마음먹지 마시오."

전별감이 얼떨떨한 눈빛으로 고개를 끄덕였다. 나반은 무심한 눈빛으로 전별감의 밧줄을 풀기 시작했다. 그러자 숭늉을 마시고 있던 사냥꾼이 깜짝 놀라서 다가왔다.

"허어! 이러면 안 되지. 이놈이 아까 나한테 무슨 짓을 했는지 몰라서 이러는가?"

"아아 그렇지. 그러면 포수 어른께서 알아서 하세요."

나반이 고개를 끄덕이면서 밥상 앞으로 가려고 하자 전별감이 애절한 눈빛으로 말했다.

"미안하오. 내가 정말 잘못했소. 여기 포수 양반에게 석 냥을 드리겠소."

전별감의 말에 포수가 코를 벌름거리며 환하게 웃었다.

"당신 그 말 진짜지? 이걸 풀어줬다고 돌변해서 난리법석을 떨면 죽을 줄 알아."

"알았소. 우리 마님을 나루터까지 잘 모셔서 배를 타게만 해주면… 내가 모두 다 석 냥씩을 드리리다."

전별감의 말이 끝나기가 무섭게 포수는 기둥에 묶인 밧줄을 풀어주었다. 줄이 풀리자 전별감은 객방 문을 조심스럽게 열고, 민비의 상태를 확인했다.

"아니 지금 우리 마마께서 이게 어찌 된…."

눈을 크게 뜨고 소리를 지르던 전별감이 깜짝 놀라서 자신의 입을 틀어막았다. 부엌의 부뚜막에서 밥을 먹고 있던 세령이 주모를 바라보았다.

"지금 저 사람이… 우리 마마라고 했는가?"

"그러게요? 저도 그리 들은 것 같습니다."

"설마하니 그러면 저 사람들이…."

세령이 부뚜막에서 벌떡 일어섰다. 세령이 부엌에서 안뜰로 나가자, 물을 마시고 있던 회자수 노인이 세령을 바라보았다. 회자수 노인이 일부러 크게 목소리를 높였다.

"허어! 이거 숭늉이 참 구수하고 맛있네. 거기 솥에 숭늉이 있으면 더 내어줄 수 있겠나?"

세령이 회자수의 말뜻을 알아듣고 부엌 안으로 다시 들어갔다. 주모가 숭늉을 떠서 세령에게 건네주었다. 세령이 물그릇을 들고 회자수 노인에게 다가갔다. 회자수 노인이 나지막하게 속삭였다.

"자칫하면 사람이 다칠 수 있으니… 지금은 그냥 얌전히 있으시게나."

세령의 손이 바르르 떨렸다. 회자수 노인이 눈을 껌뻑거렸다. 세령은 잠시 망설이다가 부엌 안으로 조용히 들어갔다. 회자수 노인이 마루에서 내려와 안뜰 옆으로 돌아서 부엌 뒤쪽으로 갔다. 세령이 눈치를 채고 부엌 뒷문을 열고 나가, 사람들의 눈치를 살피며 조심스럽게 물었다.

"회자수 어른께서도… 저 사람이 하는 말을 들으셨지요?"

"흐음… 그렇게 들었습니다."

"우리 마마라고 하는 걸 보면… 궁에서 나온 사람들이 틀림없어 보이지 않나요?"

"저 가마의 모양새도 그렇고 지체가 높은 사람인 건 분명해 보입니다."

"혹시 저 여자가… 중전이 아닐까요?"

"글쎄요? 아무리 다급하다 한들 중전마마께서 저리 단출하게 도성 밖을 나오셨겠습니까?"

회자수 노인은 조심스러운 눈빛으로 고개를 저었다. 세령이 주변을 살펴보면서 나지막하게 속삭였다.

"중전이 아니면… 상궁은 아닌 듯하고, 혹시 후궁 중 하나일까요?"

"어쩌면 그럴지도 모르지요."

"설사 후궁이라 하더리라도 그냥 살려보낼 수는…."

"아씨. 제가 여러 번 말씀드리지 않았습니까? 그 어떤 경우에도 사람을 상하게 해서는 아니 됩니다."

"하지만 우리 아버님과 오라버니께서 그리 억울하게 돌아가신 생각을 하면…."

세령이 입술을 지그시 깨물며 고개를 돌렸다. 세령이 눈물을 흘리고 있는 모습을 살피며 주모가 조심스럽게 얼굴을 내밀었다.

"아씨! 지금 저기 객방의 마님이 깨어난 듯하네요."

세령이 깜짝 놀라서 회자수 노인을 바라보았다. 회자수 노인이 조심스럽게 입을 열었다.

"일단은 모른 척하셔야 합니다. 아씨 손에 피를 묻히지 않고 군인들에게 맡길 수도 있을 것이니…. 운명의 수레바퀴를 굴릴 수 있는 사람은… 막강한 힘을 가진 사람이 아니라 힘을 조절할 줄 아는 사람이라고 말씀드렸었지요."

"하지만 저 여인네가 진짜 민비라면 지금 이 운명적인 기회를 놓칠 수는…?"

세령이 입술을 깨물며 회자수 노인을 바라보았다. 회자수 노인이 길게 숨을 내쉬며 나지막하게 말했다.

"악귀들이 세상을 어지럽게 할 때도 하늘이 가만히 있는 것을 보면… 하늘의 이치가 진정으로 있는 것인지 의심스러울 때가 있습니다. 사람의 도리에서 한 치도 벗어나지 않고 살았는데도 비극이 찾아올 때면… 운명의 수레바퀴가 바르게 굴러가는지 원망스러울 때가 있습니다. 그러나 다시 말씀드리지만…."

회자수 노인이 잠시 말을 멈추고 세령을 물끄러미 바라보았다.

"운명의 수레바퀴는 하늘이 굴리는 것이 아니라 스스로 굴러가는 것이지요. 힘을 가진 사람이 아니라 힘을 다스릴 줄 아는 사람이 굴리는 것이지요."

"예. 무슨 말씀이신지 잘 알겠어요."

세령은 살짝 고개를 숙이고 부엌을 통해 안뜰로 나갔다.

민비는 간신히 눈을 뜨고 조금씩 물을 마셨다. 전별감과 나인이 초조한 눈빛으로 민비의 상태를 살폈다. 전별감이 객방의 문을 닫으며 조심스럽게 입을 열었다.

"마마. 지금 저 바깥에 있는 사람들의 분위기가 아무래도 심상치 않사옵니다."

"심상치 않다니? 무슨 일이 있었는가?"

"어쩌면 마마께서 어떤 분이신지 눈치를 챈 듯하옵니다. 빨리 이곳을 떠나시는 것이 좋겠사옵니다."

"하지만 나루터로 갈 수도 없고 배를 띄울 수도 없는 처지이니…."

민비가 걱정스러운 눈빛으로 전별감을 바라보았다. 전별감이 바깥의 눈치를 살피며 고개를 들었다.

"새벽에 나가서 알아보니…. 멀지 않은 곳에 사공이 산다고 하옵니다."

"사공이 있으면 뭘 하겠는가? 배가 없으면 나갈 수가 없지 않은가?"

"그 사공이 서강의 밤섬을 오가면서 농사를 짓는다고 하옵니다. 일단 밤섬으로 피신할 수만 있어도…."

전별감이 초조한 눈빛으로 민비를 살며시 바라보았다. 한동안 골똘히 생각하던 민비가 고개를 끄덕였다.

"나는 전별감 뜻대로 하겠네. 그런데 저기… 바깥에 있는 젊은 비구니승 말일세."

민비가 고개를 바짝 숙이면서 속삭였다.

"그 비구니승이 보통 사람이 아닌 듯하던데…."

"그러셨사옵니까? 소인도 그리 보았사옵니다. 그런데 그 비구니뿐만 아니라…."

전별감이 말을 멈추고 길게 한숨을 내쉬었다. 민비 앞에서 전별감이 한숨을 쉰다는 것은 그만큼 긴장을 하고 있다는 뜻이었다. 전별감이 천천히 입을 열었다.

"그 비구니 옆의 젊은 광대나, 지팡이를 짚고 있는 늙은이까지…. 누구 하나 평범해 보이는 사람이 없사옵니다."

전별감의 말을 듣고 있던 민비의 표정이 점점 더 어두워졌다. 궁궐 안에서 권세를 누릴 때 백성들은 재물을 바치는 개돼지로밖에 보이지 않았다. 그런데 궁궐 밖으로 나오는 순간 성난 백성들이 얼마나 무서운지 알게 되었고, 백성이 바로 하늘이라는 성현들의 가르침이 어렴풋이 떠올랐다. 민비가 바깥 동향을 살피며 나지막하게 속삭였다.

"흐음. 그런데 말일세. 일전에 대전상궁이 나에게 귀띔하기를…, 주상전하께서 마음에 두고 있는 훈련도감 중군장의 딸이, 비구니로 변장하여 살아간다는 말을 들은 적이 있네."

"그렇다면 혹시 저 비구니가…?"

전별감이 눈을 크게 뜨고 민비를 바라보았다. 민비가 고개를 끄덕였다.

"그 중군장의 딸이 하얀 호랑이를 이끌고 인왕산을 오르내린다는 소문을 들었네. 허황된 말이라 귓등으로 흘려들었는데, 오늘 저 비구니에게서 섬뜩한 호랑이 기운이 느껴지는 걸 보니….”

한동안 무엇인가를 생각하던 민비가 나인을 돌아보았다. 나인이 민비의 뜻을 바로 알아차리고 품속에서 금가락지 다섯 개를 꺼냈다. 민비가 금가락지를 전별감에게 건네주며 말했다.

“어떻게 해서든… 여기를 빠져나가서 한강을 건너보도록 하세.”

민비의 말에 전별감이 결연한 눈빛으로 허리를 숙였다.

1882년 7월 22일 오후. 영인암 무당의 처소.

환술사의 말을 듣고 있던 무당이 눈을 크게 떴다.

“세령 아씨가 광희문 밖 주막에 있다고요?”

“광통교 거지 아이들 말로는… 거기서 봤다고 하네.”

“아니 어떻게 그런 일이?”

“회자수 어른이 같이 있었다는 걸로 봐서, 마포나루에서 사라진 후에 천천암에 있었던 게 아닌가 싶네.”

“하지만 천천암은 우리가 수차례 염탐을 했잖아요.”

“거기가 워낙 미로 같은 곳이라서 다 살펴볼 수가 없지.”

"세령 아씨가 혹시….”

무당이 입술을 지그시 깨물면서 초조한 눈빛을 보였다. 환술사도 걱정이 되는지 천장을 바라보며 고개를 저었다. 무당이 환술사의 손을 덥썩 잡았다.

"오라버니! 설마하니 우리가 세령 아씨를 납치하려 했다는 건 모르겠지요?”

"우리가 직접 나선 것은 없으니… 너무 걱정하지 않아도 될 것이야.”

"하지만 마포나루에서 세령 아씨를 납치하다가 공격을 당한 사람들이 저렇게 떨고 있으니….”

환술사가 바르르 떨고 있는 무당의 등을 토닥여주었다. 무당이 애절한 눈빛으로 환술사를 바라보았다. 환술사가 주먹을 불끈 쥐어보였다.

"우리는 우리 갈 길만 가면 되는 것이야.”

"오라버니….”

"나는 지금 광희문 밖 주막으로 가보겠네.”

"예에? 지금 거기에 세령 아씨, 나반 도령, 회자수 어른이 모두 함께 있다는데 어쩌시려고요?”

"그것 때문에 가려는 것이야. 거기에 세 사람이 모두 함께 있다는 것은… 거기에 분명 무슨 일이 있다는 것이겠지.”

환술사가 머리의 상투를 단정히 매만지며 자리에서 일어

났다.

1882년 7월 22일 저녁. 광희문 밖 사공의 집 안방.

사공이 금가락지를 이빨로 씹어보다가 입을 딱 벌렸다. 전별감이 품에서 금가락지 하나를 더 꺼내 놓았다.

"우리를 한강 너머로 건너가게 해줄 수 있겠나?"

전별감이 초조한 눈빛으로 사공을 바라보았다. 사공이 잠시 무엇인가를 생각하다가 눈빛을 반짝였다.

"금가락지 하나만 더 내어주신다면…. 마포나루 배를 어찌 움직여볼 수도 있을 듯합니다."

"마포나루? 그 근처에는 내가 다섯 번이나 갔었는데 나루터로 들어갈 수도 없었네."

"걸어서 가면 군졸들이 막고 있으니 그렇겠지만…. 나루터를 어찌 걸어서만 가겠습니까?"

"걸어서 가지 않으면?"

"나루터라는 곳이 어차피 강물을 통해 배가 드나드는 곳이 아니겠습니까?"

사공의 말에 전별감이 의아한 표정을 지었다. 사공은 빙긋이 웃으며 자신감 넘치는 목소리로 말했다.

"돈이 된다면 못할 게 무엇이 있겠습니까? 어둠을 틈타서,

배에서 배로 움직이는 것을 저 보잘것없는 관군들이 어찌 막을 수 있겠습니까?"

전별감은 고개를 끄덕이며 금가락지 하나를 더 꺼내놓았다. 사공이 금가락지를 집어 드는 순간, 문밖에서 인기척이 났다. 사공이 깜짝 놀라서 문 앞으로 다가갔다. 전별감이 벽으로 바짝 붙어 섰다. 사공이 문을 열었다.

"거기 밖에 누가 오셨소?"

"어어! 다행히 집에 있었구먼. 주막에 갔더니 포수 형님이 자네가 집에 있을 거라 해서….."

환술사가 사립문 앞에서 환하게 웃고 있었다.

의금부 붉은 깃발

1882년 7월 22일 밤. 의금부 대청.

의금부 판사가 대청으로 들어서자 지사와 동지사가 의자에서 일어나 예를 갖췄다. 서가의 자료를 정리하던 의금부 낭청이 황급히 허리를 숙이며 물러나려고 했다. 판사가 근엄한 목소리로 낭청을 불러 세웠다.

"의금부 낭청과 도사들은 지금도 퇴청을 안 하고 있는가?"

"예, 사헌부 관원들과 긴밀히 연락을 주고받으며 반란 세력에 대한 조사를 하고 있사옵니다."

"반란 세력이라…. 지금 영상대감과 병조판서가 백성들의 손에 맞아 죽은 상황이네. 이런 상황에서 대원군을 옹위하는 군인들을 반란 세력이라 칭하는 것이 옳은 것인가?"

판사의 말에 낭청은 당황스러운 눈빛으로, 동지사의 눈치를 살폈다. 동지사 역시 아무런 말을 하지 못하고 지사를 바라보았다. 지사가 조심스럽게 고개를 들어 판사를 올려다보며 입을 열었다.

"지금 영상대감과 병판께서 운명을 달리하셨다고는 하나, 중전마마의 생사를 알 수 없는 상황이온데…. 우리가 어느 한쪽의 입장을 취할 수는 없지 않겠사옵니까?"

"어느 한쪽의 입장을 취하자는 것이 아니라, 법률에 따라 공정한 판결을 내리자는 것일세."

"무위영과 장어영 군인들이 상급자를 사살하고 궁궐에 난입한 것이 법률에 따른 것은 아니지 않사옵니까?"

"그러면 일 년이 넘도록 그 군인들에게 급료를 내리지 않은 것은 합당한 일이었던가?"

판사의 단호한 눈빛을 보면서 지사는 더 이상 말을 잇지 못했다. 두 사람의 눈치를 살피던 동지사가 조심스럽게 고개를 들었다.

"반란 세력이 전옥서에 난입하여 죄인들을 풀어주는 지경에 이르렀사옵니다. 이들은 어찌해야 하겠사옵니까?"

"안타깝지만, 내가 관여할 수 있는 일이 아닐세."

"그러면 병판대감을 따르던 조정의 관료들을 어찌하면 좋겠사옵니까?"

동지사의 물음에 판사는 한동안 아무 말 없이 정면을 바라보았다. 그 앞에는 의금부의 붉은 깃발이 걸려 있었다. 판사가 결연한 표정으로 동지사를 바라보았다.

"이미 병조판서 민겸호가 백성들에게 맞아 죽은 마당에 무엇을 망설이겠는가?"

"하오나 중전마마의 생사를 아직 알 수 없사온데…."

동지사가 초조한 표정으로 주변의 눈치를 살폈다. 판사가 주먹을 굳게 움켜쥐면서 지사와 동지사를 번갈아 바라보았다.

"내가 의금부를 책임지는 판의금부사로서, 일신의 안위만 살피다가 올바른 길을 가지 못한 것이 부끄럽네."

판사의 말에 지사와 동지사가 동시에 고개를 숙였다. 판사는 길게 한숨을 내쉰 후에 천천히 입을 열었다.

"우리 조선이 오백 년 종묘사직을 이어올 수 있었던 것은… 목에 칼이 들어와도 법과 원칙을 지키고자 했던 의금부 관원들이 있었기에 가능한 일이었네."

대청에 무거운 침묵이 흘렀다. 판사가 대청 정면에 걸려 있는 의금부 붉은 깃발을 바라보았다.

"나는 이제라도 의금부 판사로서… 부끄럽지 않은 삶을 살고 싶네."

판사의 말이 끝나자 지사가 고개를 들었다.

"대감의 고결한 뜻을 소인이 어찌 모르겠사옵니까? 하오나 중전마마께서 어찌 되신지 아직 알 수 없는 상황에서 민씨 세력을 내치는 것은 너무 위험한…."

지사는 초조한 표정을 지으며 더는 말을 잇지 못했다.

"내가 의금부 판사로 있는 한 의금부 안에서 일어나는 모든 책임은 나에게 있네."

"하오나 지금은…."

"우리가 나서지 못한 것을 말단 군인들이 들고 일어섰네. 지금 민씨 세력을 척결하지 못한다면…."

판사는 말을 멈추고 입술을 지그시 깨물었다. 매서운 바람이 의금부 대청에 몰아치고 있었다. 판사가 결연한 눈빛으로 낭청을 돌아보았다.

"우리는 역사에 죄를 짓는 것일세. 지금 저 벽에 걸려 있는 홍기를 이리 가져오게."

판사의 말에 낭청이 긴장된 표정으로 깃발 앞으로 다가갔다. 낭청이 깃발을 조심스럽게 들어서 판사에게 올렸다. 판사가 깃발을 책탁 위에 넓게 펼쳤다.

"지금 법과 원칙에 따라 민씨 세력을 척결하고, 우리 백성들이 사람답게 살아갈 수 있는 나라를 만들고 싶네."

지사가 걱정스러운 눈빛으로 판사를 바라보았다.

"대감의 그 높은 뜻을 소인이 어찌 모르겠사옵니까? 하오나 직제상 판사 지사 동지사가 있다 하더라도, 실질적인 판결 시행의 근간은 의금부 도사가 맡는 것입니다. 어찌 판사께서 그 일에 직접 나서려 하시옵니까?"

"이런 중차대한 일을 저 젊은 낭청과 도사에게 책임지라 한다면…."

판사가 말을 멈추고 쓸쓸하게 웃었다. 지사는 안타까운 표정을 지으며 고개를 저었다. 판사가 붉은 깃발 위에 손을 올렸다.

"…다시 말하지만 내가 의금부 수장으로 있는 한…. 이 안에서 일어나는 모든 책임은 나에게 있네. 책임질 자리에 있으면서 그것을 남의 탓으로 돌리는 자가 있다면 누가 그를 믿고 따르겠는가?"

판사가 결연한 눈빛으로 사람들을 천천히 둘러보았다. 판사는 감정을 절제하기 위해 숨을 가다듬었다. 판사의 주먹이 부르르 떨렸다.

"지금부터 모든 판결의 책임은 나에게 있고, 젊은 낭청과 도사들을 지킬 책임도 나에게 있네. 내가 의금부 수장으로 있으면… 이 안에서 꽃이 피는 것도 내 탓이요, 꽃이 지는 것도 내 탓일세. 모든 책임은 내가 질 것이니 자네들은 맡은 바 소임에 전념하게."

지사와 동지사가 자리에서 일어나 붉은 깃발 위에 손을 올렸다. 모든 일을 판사와 함께하겠다는 의지의 표현이었다. 판사도 자리에서 일어났다.

"지금 이 상황이 삼일천하로 끝나도 상관없네. 내가 의금부를 책임지는 판사로서, 이런 상황에서도 나라를 좀먹는 민씨 세력을 축출하지 못한다면! 후손들에게 내 어찌 의금부 판사였다고 말할 수 있겠는가?"

뒤에서 판사의 말을 듣고 있던 낭청이 무릎을 꿇었다. 낭청은 눈물을 흘리며 판사에게 예를 갖췄다.

1882년 7월 23일 새벽. 마포나루 뒤편 사공의 집.

환술사가 짐 보따리를 들고 나와 주변을 살폈다. 사공이 집
안으로 신호를 보내자, 전별감이 먼저 나오고 나인이 장옷을
뒤집어쓴 민비의 손을 잡고 사립문 밖으로 나왔다. 전별감이
환술사에게 바짝 다가섰다.

"사공은 배를 잘 준비하였는가?"

"내가 확인하고 오는 길이오. 마침 오늘은 물결도 잔잔해서
무사히 한강을 건널 수 있을 것 같다고 하였소."

"고맙네. 이 일이 잘 마무리되면 반드시 좋은 일이 있을 것
일세."

전별감이 환술사에게 가볍게 목례를 했다. 환술사가 앞장
을 서고 세 사람이 그 뒤를 따랐다. 하늘이 흐려서 별빛 하나
보이지 않았다. 한강 쪽으로 내려가면서 민비가 궁궐이 있는
방향을 돌아보았다. 환술사가 재촉을 하자 민비는 눈물을 글
썽거리며 몸을 돌렸다.

민비 일행이 어둠 속으로 사라진 후에, 울타리 옆에 숨어
있던 사냥꾼이 조용히 일어났다.

"아니 저것들을 저리 그냥 가게 해도 되는 건가? 분명 큰돈

을 갖고 있었는데….”

사냥꾼이 고개를 저으며 아쉬운 표정을 지었다.

“에잇! 환술사 저놈은 그렇다 해도 사공 저 인간마저 나를 부르지 않고 혼자 다 해 처먹으려는 건가?”

사냥꾼은 사공의 빈집에 침을 뱉은 후에, 민비 일행이 사라진 길을 쫓아 내려갔다.

1882년 7월 23일 아침. 광희문 밖 주막집.

주모가 사립문 밖에서 안뜰로 들어오며 이해할 수 없다는 듯이 고개를 갸웃거렸다.

“거 참 이상한 일일세. 그 궁궐에서 나온 사람들은 그렇다 치고, 사냥꾼과 사공은 또 어디로 사라진 거야?”

마루에 앉아 있던 세령이 빙긋이 웃었다. 주모가 아쉬운 표정을 지으며 객방의 마루에 앉았다.

“아씨나 회자수 어른의 말을 듣고 제가 물러섰는데, 그래도 그 금가락지가 눈앞에서 떠나지를 않네요.”

주모가 두런거리는 사이에 객방 문이 열리고 회자수와 나반이 밖으로 나왔다. 회자수가 주모를 바라보며 조용히 미소를 지었다.

“아씨께서 하시는 말씀을 듣고도 그런 말을 하는가?”

"하이고오! 어르신 왜 벌써 나오셨어요? 점심이나 드시고 가시지."

"나같은 사람이 이런 곳에 오래 있으면 안 되지. 병조판서 댁에 변고가 있다 하니 그곳에도 들러야 할 듯하고…."

"병조판서? 하이고오! 민겸호 그 나쁜 놈이 그리 심하게 맞아 죽었다면서요?"

주모는 손바닥까지 마주치며 반색을 했다. 세령이 말조심하라는 눈짓을 했으나, 주모는 아주 신이 나서 계속 떠들어댔다. 보다 못한 세령이 주모 옆으로 다가와 어깨를 툭 쳤다.

"이제 그만하게나. 나도 회자수 어른을 모시고 병판 댁에 가봐야겠네."

"예에? 아니 아씨께서 그 흉악한 집에는 왜요?"

"그 병판의 며느리가 천천암에 와서 백일기도가 끝나기도 전에 임신을 했다네. 그런데 이런 어려운 일을 겪었으니 한번 가봐야지."

세령의 말을 듣고 있던 주모가 두 눈을 크게 떴다. 주모가 복잡한 표정으로 세령을 보는 사이에, 나반이 주모의 손에 금가락지 하나를 들려주었다. 주모가 깜짝 놀라서 나반을 바라보았다.

"아니 이게 웬…."

"아까부터 계속 금가락지 노래를 부르셨잖아요. 방바닥에 떨어져 있길래 주웠어요."

"아니 진짜로? 그래도 그렇지 이 귀한 걸 왜 나한테…?"

"밥값이에요. 다음에 왔을 때 구박하지 마시고 국밥이나 잘 말아주세요."

나반은 씨익 웃으며 주모에게 인사를 했다. 주모가 아쉬운 표정을 지으며 나반의 어깨를 툭 쳤다.

"나반 도령도 병조판서 댁으로 가는 건가?"

"아니요. 주모 말대로 그 흉악한 집엘 왜 가겠어요?"

"그럼 천천암으로 가는 건가?"

"아니에요. 마침 돈도 넉넉히 생겨서 충청도와 전라도 쪽에 가보려고요."

나반은 회자수에게 허리를 숙여 인사를 하고, 세령과 주모에게도 목례를 한 후에 사립문을 나섰다. 뒤도 돌아보지 않고 골목길로 사라지는 나반을 보면서, 세령이 아쉬운 표정을 지었다. 주모가 세령에게 물었다.

"아니 강화도로 간다던 사람이, 왜 갑자기 남쪽으로 가겠다고 저러나요?"

세령은 아무 말도 하지 못하고 회자수를 돌아보았다. 회자수가 짚신 끈을 고쳐 매면서 조용히 대답했다.

"내가 계룡산과 김제에 좀 가보라고 했어."

"계룡산과 김제요? 아니 갑자기 거기는 왜…?"

"교주님께서 말씀을 내려주셨네. 계룡산 신도안과 김제 금
산사를 찾아가 보면 중요한 사람을 만날 것이라고…."

"예? 동학교주님께서 직접 그런 말씀을 하셨어요?"

"그렇다네. 직접 그리 말씀을 하셨어."

"나반 도령에게 거길 가보라, 이렇게 말씀하셨다고요?"

회자수가 고개를 끄덕였다. 세령이 애잔한 눈빛으로 나반
이 사라진 골목길을 다시 돌아보았다.

1882년 7월 23일 저녁. 영인암 무당의 처소.

환술사가 엽전과 금가락지 하나를 방바닥에 내려놓았다.
무당이 금가락지를 집어 들면서 입을 다물지 못했다.

"세상에나! 진짜 이걸 받아 왔네요. 그분들 중전마마 일행
이 확실하지요?"

"내가 중전마마를 뵌 적이 없으니 확실치는 않지만, 그 행
색이며, 건장한 남자와 젊은 여자가 극진하게 대하는 태도로
보아 우리 생각이 맞을 걸세."

"그러면 한강은 잘 건너가신 건가요?"

"돈과 금가락지가 있으면 안 될 일이 무엇이 있겠나? 그 주
막집에 자주 오는 사공은 금가락지를 두 개나 받았어."

환술사는 아쉬운 눈빛을 하며 얼굴을 찡그렸다. 무당은 금

가락지를 내려놓으며 진지한 표정으로 말했다.

"혹시 중전마마 일행이… 지금 어디로 피신하시는지 알아보셨어요?"

무당의 예언 49일

무당이 은밀한 눈빛으로 환술사를 바라보았다. 환술사가 빙긋이 웃으며 입을 열었다.

"자네는 그분이 중전마마라면, 진짜로 찾아갈 생각인가?"

"중군장의 딸 세령을 죽이지 못했으니… 제가 그 기운을 감당할 도리가 없지요?"

"꼭 그래야만 하나? 그 아리따운 세령 아씨를…."

"오라버니! 지금 무슨 말씀을 하시는 거예요?"

무당이 날카로운 눈빛으로 환술사를 쏘아보았다. 환술사가 살짝 뒤로 물러서며 두런거렸다.

"사실이 그렇지 않은가? 세령 아씨가 특별히 무슨 잘못을 한 것도 아니고, 그냥 자네 꿈에 나타난다는 그 할미의 말만 듣고 그런다면…."

"그분이 그냥 할머니인 줄 아세요? 우리 신어머니도 꼼짝 못 하던 만신 할머니세요."

"이 사람아! 내가 무당들의 신내림을 모르는 사람이 아니지 않은가? 자네의 몸신이 꿈에 나타나서, 다른 사람을 없애라는 주술을 펼치라 한다면…."

환술사가 말을 멈추고 무당을 내려보았다. 무당이 긴장한 눈빛으로 환술사를 올려다보았다. 환술사가 서늘한 목소리로 말을 이어갔다.

"…그건 무당 만신이 아니라 악귀에 불과한 것일세."

환술사의 말이 끝나자 무당이 매섭게 눈을 치켜떴다.

"오라버니! 제가 아무리 오라버니의 큰 도움을 받았다 하더라도 지금 그 말씀은 그냥 넘길 수가 없지요."

"그냥 넘기지 못하면? 이제 그 만신의 술수를 나에게도 부리겠다는 것인가?"

환술사의 호통에 무당이 부르르 몸을 떨었다. 무당도 밤마다 비몽사몽간에 찾아오는 몸신의 눈빛이 두려웠다. 무당은 열일곱 살에 신내림을 받았다. 무당에게 찾아온 몸신은 삼각산 비봉의 산군이었다. 지극히 인자했고 지극히 너그러운 분이었다. 하지만 세령을 만난 이후에 몸신이 요동을 치기 시작했다. 몸신은 밤마다 찾아와 세령을 죽이라는 계시를 내리고 있었다. 무당이 떨리는 목소리로 환술사를 바라보았다.

"오라버니! 무슨 말을 그리 하시나요? 이런 상황에 오라버니마저 지켜주지 않으시면 저는 어찌하란 말인가요?"

"내가 자네의 어려움을 모르지 않지만… 어찌 사람을 해치라는 몸신을 믿고 따를 수 있단 말인가?"

환술사가 자리에서 벌떡 일어서며 무당을 노려보았다. 무당도 뒤지지 않고 일어서서 환술사를 쏘아보았다.

"중군장의 딸 세령을 납치하던 날…. 그 밤중에 누가 갑자기 나타나 우리 일을 망쳐놓았을까요? 나반 도령이 진짜 귀신이어서 세상 모든 일을 알고 그리 한 것일까요?"

"지금 그 말은! 내가 나반에게 말이라도 흘렸다는 것인가?"

"다른 건 제 뜻을 그대로 받아주시면서, 유독 중군장의 딸 이야기만 나오면 반대를 하시니…."

"그렇게 말하는 자네는! 세령 아씨 일이라면 왜 그렇게까지 그냥 두지 못해 안달인가?"

환술사가 버럭 소리를 질렀다. 한동안 아무 말도 하지 않고 환술사를 바라보던 무당이 고개를 돌렸다. 무당은 눈물을 흘리며 나지막하게 한숨을 쉬었다. 밤이 깊어가고 있었다. 영인암 뒤편의 대나무 숲에서 바람 소리가 거칠어지고 있었다.

1882년 8월 11일 저녁. 장호원 민비의 친척 집 별채.

보부상 차림의 사내가 나인의 안내를 받으며 별채 밖으로 나갔다. 민비는 마루에 털썩 주저앉아서 멍한 표정을 지었다. 나인이 별채 중문을 열고 들어와서 민비를 바라보았다.

"중전마마! 밤이슬이 차가운데 침소로 드시는 것이 어떻겠사옵니까?"

"아니다. 내 가슴이 너무 답답하여 저 어두운 방으로는 들

153

어가고 싶지 않구나."

"마마! 이럴 때일수록 더 심기를 강건히 하옵셔야…."

"병조판서와 영상대감이 백성들에게 끌려가 그리 비참하게 숨을 거두었다니, 무거운 바위가 심장을 짓누르는 것 같아 제대로 숨을 쉴 수가 없구나."

민비는 주르르 눈물을 흘리며 북쪽 하늘을 바라보았다. 처량한 풀벌레 소리가 온 집안을 감싸고 있었다. 나인이 초조한 눈빛으로 주변을 살피다가 조심스럽게 입을 열었다.

"중전마마! 심기가 그리 불편하옵시면… 일전에 찾아왔던 그 무당을 불러보시는 것은 어떠하오실지…."

"아니다. 지금 이리 숨어 있는 처지에 내가 누구를 만나겠느냐?"

"마마. 그 무당의 말은 그냥 지나칠 수 없을 듯하옵니다."

나인이 애절한 표정으로 민비를 바라보았다. 하지만 민비는 모든 삶의 의욕을 잃은 사람처럼 지친 모습이었다. 나인이 용기를 내어 민비 앞으로 조금 더 다가갔다.

"중전마마. 그 무당이 말하기를…. 이곳에 머물고 계신 귀인께서 집을 떠난 지 사십구 일 안에 다시 돌아갈 수 있는 방책이 있다고 하였사옵니다."

멍하니 어두운 뜰을 바라보고 있던 민비가 나인을 돌아보았다. 나인이 눈을 반짝이며 민비를 바라보았다.

"마마. 그 무당에게서 느껴지는 기운이 보통이 아니라서…."

"그 말이 사실이냐? 진정으로 사십구 일 안에 집에 돌아갈 수 있다고 했느냐?"

"예 중전마마. 분명 그리 말하였사옵니다."

나인이 단호한 눈빛을 보이며 고개를 끄덕였다. 민비가 허리를 꼿꼿이 세웠다.

"집을 떠난 지… 사십구 일 안에 돌아갈 수 있다?"

"예. 분명히 그리 말하였사옵니다."

"사람들 눈에 띄지 않게…. 이리로 불러올 수 있겠느냐?"

민비의 말에 나인이 조심스럽게 고개를 끄덕였다.

다음 날 밤.

장옷을 뒤집어쓴 무당이 나인의 안내를 받으며 별채로 들어왔다. 다른 때는 별채 밖에서 지키던 전별감이, 중문 앞에 서서 경계심이 가득한 눈빛으로 무당을 지켜보았다. 나인이 문 앞에서 조심스럽게 입을 열었다.

"마님! 어제 말씀 올렸던 사람이 왔사옵니다."

"그래. 안으로 들이도록 해라."

민비의 말이 떨어지자 나인이 중문 앞의 전별감을 바라보았다. 전별감이 어쩔 수 없다는 듯이 고개를 끄덕였다. 나인이 먼저 섬돌을 딛고 마루로 올라갔다. 무당이 천천히 그 뒤를 따랐다. 나인이 별실 문을 열어주자 무당이 민비가 앉아 있는 방으로 들어갔다. 무당이 장옷을 내려놓고 민비를 바라보았다.

"마님께 문안 인사 올립니다."

무당이 큰절을 올린 후에 고개를 살짝 들었다. 민비는 무당과 눈이 마주치는 순간, 흠칫 놀라서 뒤로 물러나 앉았다. 무당에게서 서늘한 살기가 느껴졌다. 잠시 말이 없던 민비가 천천히 입을 열었다.

"자네가… 내가 집을 떠난 지… 사십구 일 안에 돌아갈 수 있다고 했는가?"

"예. 그리 말하였습니다."

"자네는 내가 누군지 알고 그리 말을 하였는가?"

"마님이 누군지는 알 수 없으나… 저 앞에 길을 지나다 보니, 이 집에서 아주 상서로운 기운을 느낄 수 있었습니다."

무당이 날카로운 눈빛으로 민비를 바라보았다. 옆에서 그 모습을 지켜보던 나인이 눈짓으로 주의를 주었으나, 무당은 더 뚫어지게 민비를 바라보았다. 민비가 무당의 눈빛을 이기지 못하고 고개를 살짝 돌렸다.

"내가 집을 떠나온 것은 어찌 알게 되었느냐?"

"이 집에서는 전혀 느껴지지 않던 기운이 갑자기 전해져 오니, 귀한 손님이 왔을 것이라 생각했습니다."

"지금 그 말은… 집 바깥에 있어도 집안의 일을 알 수 있다는 것인가?"

"보이는 것과 보이지 않는 것의 차이가 저에게 큰 문제가 되지는 않습니다."

"그러면 지금 자네 눈에는… 또 무엇이 보이는가?"

민비가 자세를 고쳐 앉으며 무당을 바라보았다. 무당이 더 날카롭게 민비를 쏘아보며 입을 열었다.

"지금 마님의 아드님께서… 잠을 제대로 이루지 못해 고통스러워하는 모습이 보입니다."

무당의 말에 민비가 두 눈을 크게 떴다. 나인이 민비의 눈치를 살피며 무당을 돌아보았다. 무당이 나인에게 고개를 돌리며 방바닥을 내리쳤다.

"너는 나에게 왜 거짓말을 하였느냐?"

나인이 황당한 표정을 지으며 무당과 민비를 번갈아 바라보았다. 무당이 더 거칠게 방바닥을 내리치며 목소리를 높였다.

"귀신이 따로 있는 것이 아니다. 의심을 하는 순간 세상 만물이 모두 귀신이 되어 사람을 홀리는 법이다. 의심을 거두지 못하면 보살도 귀신으로 보이고 부처도 귀신이 되어 너의 목을 짓누를 것이니 추호도 의심하지 마라."

"하이고오 만신님. 제가 어찌 만신님을 의심하겠습니까?"

"네 이년! 나를 의심하지 않았다면 네년이 끝내 나에게 거짓말을 했겠느냐?"

"소인은 거짓말을 한 적이 없습니다."

"허어! 이년이 끝내 주둥이를 함부로 놀리는구나. 내가 그렇게 물어도 마님이 큰 병은 없다고 하더니! 지금 내가 보니 바로 돌아가실 상황이구나!"

무당의 기세에 눌린 나인이 울먹거리며 무당과 민비의 눈치를 살폈다.

"아니 그… 그게 무슨…?"

"지금 마님께 어찌 메밀국수를 올릴 수가 있단 말이냐? 아무리 여름철이라 한들, 그리 냉한 음식을 올리면 마님의 몸이 버텨낼 수가 있겠느냐?"

"그것은… 마님께서 속이 답답하다며 찾으시니…."

"어허! 그 입 다물지 못할까? 마님을 이리 모시고도! 네가 집으로 돌아갈 수 있으리라 생각하느냐?"

무당의 호통이 계속되자 나인은 어쩔 줄 몰라서 얼굴이 빨갛게 변했다. 두 사람의 말을 듣고 있던 민비가 당황스러운 표정을 지었다.

"이… 이보시게! 음식에 대해서는 다시 이야기하기로 하고…. 우리 아들이 잠을 제대로 이루지 못해 고통스러워한다는 것은 어찌 알았는가?"

"집 안에 도적이 들어 안방의 병풍까지 불태우고 있으니,

그 집안사람들이 오죽하겠습니까?"

"지… 집 안에 도적이 들다니 그게 무슨 말인가?"

민비의 말에 무당은 더 무섭게 눈을 치켜떴다. 무당의 눈에서 시뻘건 불꽃이 튀는 것만 같았다.

"마님! 마님까지 저를 속이려 하십니까?"

"내가 자네를 속이다니 그 무슨 말인가?"

"마님께서는 이미… 그 험악한 도적 떼가 대문 안에 들어서는 것을 보시지 않으셨습니까? 끝내 이곳에 머물다가 비참한 끝을 보시려는 것입니까?"

무당의 매서운 기세에 민비의 몸이 옆으로 살짝 기울어졌다. 나인이 깜짝 놀라서 민비의 몸을 부축했다. 무당이 자리에서 벌떡 일어섰다.

"마님까지 끝내 나를 속이려 한다면! 내가 이곳에 있어 무엇하겠습니까?"

무당이 장옷을 뒤집어쓰고 돌아섰다. 민비와 나인은 그 서늘한 기운을 감당하지 못하고 덜덜 떨면서 앉아 있었다. 그때 전별감이 칼을 들고 방 안으로 들어왔다.

"이 요망한 년! 여기가 어디라고 감히 무례하게 큰소리를 치는 것이냐?"

전별감이 무당의 목에 칼을 들이댔다. 무당이 전별감을 노려보며 호통을 쳤다.

"뒷마당의 똥개 한 마리가! 감히 제 주인을 물어 죽이려 하는구나!"

"이 요망한 년! 어디서 감히!"

전별감이 칼을 높이 치켜들었다. 민비가 다급하게 소리를 질렀다.

"전별감! 지금 이게 무슨 짓이냐!"

전별감이 깜짝 놀라서 칼을 내렸다. 나인이 덜덜 떨면서 무당과 전별감을 올려다보았다. 무당이 장옷을 다시 뒤집어쓰면서 민비를 내려다보았다.

"날이 아무리 더워도 따뜻한 음식을 드셔야 합니다. 그리하면 백중날 전후에 한양으로 돌아가실 수 있으실 것입니다."

무당은 차가운 바람을 일으키며 별실 밖으로 나갔다. 전별감이 민비를 바라보았다. 민비는 아무 말도 하지 못하고 덜덜 떨고만 있었다.

1882년 8월 27일 새벽. 천천암 삼성각.

희미한 여명의 빛이 세령에게 닿았다. 칠성신 앞에 엎드려 있던 세령이 눈을 떴다. 삼성각의 문이 천천히 열렸다. 세상은 온통 짙은 안개에 휩싸여 있었다. 그 안개 속에서 하얀 고양이가 다가왔다. 세령은 간신히 몸을 일으켜 고양이를 안았다.

"어디에 갔었던 거야? 내가 너를 찾아서 온 산을 헤매고 다녔는데…."

고양이는 다정한 눈빛으로 세령을 바라보았다. 세령은 고양이의 등을 어루만지며 나지막하게 숨을 내쉬었다. 어디에선가 무당의 방울 소리가 들려왔다. 세령이 깜짝 놀라서 삼성각 밖으로 시선을 돌렸다. 짙은 안개 속에서 방울 소리가 점점 더 가까이 섬뜩하게 들려왔다. 세령은 지금 일어나는 일이 꿈인지 현실인지 분간할 수가 없었다.

"설마하니 저 방울 소리는… 그 요사스러운 무당의…."

세령은 이를 악물고 일어나 삼성각 밖으로 걸어나갔다. 세령의 품에 안긴 고양이가 털을 곤두세우며 주변을 살폈다. 방울 소리가 바로 앞 귓전에서 들려왔다. 세령의 손이 바르르 떨렸다.

"안 돼. 나반과 나의 인연을… 여기서 또 끊어지게 할 수는 없어. 절대로… 다시는 그럴 수 없어."

세령이 두 눈을 크게 떴다. 하지만 안개가 너무 짙어서 사물의 형체는 제대로 보이지 않았다. 그러는 사이에 방울 소리는 점점 더 가까이 다가와 삼성각 바로 앞에서 들려왔다. 고양이가 세령의 품에서 뛰어내려 소리가 울리는 쪽을 노려보았다. 안개 속에서 무당의 형체가 드러났다. 고양이가 털을 곤두세우며 무당의 형상에 달려들었다.

"끄아아앗!"

무당의 비명이 울려 퍼졌다. 방울 소리가 그쳤다. 안개가 조금씩 걷히고 있었다. 대웅전과 연결된 계단에서 누군가 올라오고 있었다. 세령이 털썩 주저앉았다.

"아아! 나반… 그대는 어찌 그리도…."

1882년 9월 12일 창경궁 명정전 민비의 처소.

무당이 명정전 안으로 들어서자 나인이 환하게 웃으며 민비를 돌아보았다. 무당의 예언대로 민비는 궁궐에서 도망친 지 사십구 일이 되지 않아 중전의 자리에 복귀할 수 있었다. 궁궐로 복귀한 민비는 무당을 신처럼 떠받들었다. 민비가 자리에서 일어나 극진한 태도로 무당을 맞이했다.

"진령군께서 어찌 이리 행차를 하셨습니까?"

무당은 아무 말도 하지 않고 자리에 앉으며 언짢은 표정을 지었다. 민비가 무당의 눈치를 살피며 조심스럽게 물었다.

"진령군! 혹시 어인 일이라도 있으십니까?"

"중전마마! 세자 저하의 병을 그냥 저대로 방치하시려는 것이옵니까?"

"세자의 병을 방치하다니 그 무슨 말씀이십니까?"

"마마. 세자 저하의 불면증을 치유할 수 있는 심연산조인의 약재를 또 내의원에서 처방하셨사옵니까?"

무당의 말에 민비가 나인을 돌아보았다. 나인은 자신은 모른다는 듯이 고개를 저었다. 무당이 나인을 돌아보며 호통을 쳤다.

"너는 나를 못 믿는 것이냐? 아니면 세자의 동궁전에 내통하는 자가 있는 것이냐?"

"진령군 마마! 소인이 어찌 그런 생각을 할 수가 있겠사옵니까?"

"그러면 지금 당장! 지난밤에 동궁전에 약재를 올린 그년을 잡아 오거라!"

무당이 소리를 치자 나인이 민비를 바라보았다. 민비는 무당의 눈치를 살피며 나인을 쏘아보았다.

"허어! 지금 무엇하고 있느냐? 진령군께서 말씀하시는 대로 바로 그년을 잡아 오거라!"

나인이 덜덜 떨면서 뒷걸음으로 물러났다.

1882년 9월 14일 아침. 마포나루.

나반과 환술사가 배에 오르자 주모가 손을 흔들었다.

"잘 다녀오게나! 어딜 가나 여자 조심하고!"

환술사가 환하게 웃으며 양손을 번쩍 들었다.

"걱정하지 마세요. 제가 세령 아씨를 두고 어디 한눈을 팔 겠어요?"

"허어! 지금 어디 감히 세령 아씨를 입에 올리나?"

"누님이 뭐라 하셔도 저는 일편단심 세령 아씨뿐이지요!"

환술사의 말에 주모가 주먹질을 해 보였다. 사공이 힘차게 노를 젓기 시작하자 배가 한강 한가운데로 나아갔다. 사공이 돛대에 줄을 올리고 바람의 방향을 살펴가며 돛을 펼쳤다. 배는 돛폭에 바람을 안고 강화도 쪽으로 내려갔다. 환술사가 마포나루 쪽을 바라보고 손을 흔들면서 나반을 돌아보았다.

"어젯밤에 세령 아씨가 또 오셨었다면서?"

"모르겠어요. 저는 초저녁부터 잠이 들어서….'

"설마하니 세령 아씨가 자네에게 진짜 마음이 있는 건 아니겠지?"

환술사의 말에 나반은 뱃전에 등을 기대며 눈을 감았다. 돛대를 살피던 사공이 피식 웃으며 환술사 옆으로 다가왔다.

"이 한양 땅에서 세령 아씨 마음 몰라주는 건 나반이뿐이고, 주모 마음 몰라주는 건 형님뿐일 겁니다."

"에잉? 그게 뭔 소리야? 그러면 세령 아씨가 진짜로 나반이를 좋아한다는 거야?"

"좋아하다 뿐이겠습니까? 주모한테 말하기를, 나반이를 모실 수 있다면 절에서 내려와 환속할 수 있다고도 했답니다."

"뭐? 나반이를 모셔? 환속?"

환술사가 깜짝 놀라서 사공과 나반을 바라보았다. 사공이 환술사의 어깨를 툭 치며 마포나루 쪽을 바라보았다.

"형님은 세령 아씨를 마음에 두지 마시고 저 불쌍한 주모 마음이나 받아주세요."

"내가 미쳤어. 세상에 젊고 어여쁜 처자들이 얼마나 많은데 그런…."

"아니면 궁궐로 진령군을 찾아가서 팔자를 고쳐보시든지요. 진령군도 형님을 엄청 좋아했잖아요."

사공이 진지한 표정으로 환술사를 바라보았다. 환술사는 절레절레 고개를 저으며 배 바닥에 벌렁 드러누웠다.

"에잇! 그 재수 없는 무당 년 이야기는 입 밖에 내지 마."

"아니 왜요? 상감마마에게 진령군 칭호까지 받고, 궁녀들에게는 마마 소리까지 듣는다는데…."

"그 무당 년은 볼 줄 아는 건 진짜 많은데…. 너무 싸가지가 없어."

"그게 무슨 상관이에요? 세령 아씨 못지않은 절세미인에다가 중전마마까지 꼼짝하지 못하는 권세를 잡고 살잖아요."

환술사가 번쩍 일어나 앉으며 사공에게 거칠게 주먹질을 해 보였다.

"허어! 이 사람 보게나! 그 못생긴 무당 년을 어찌 감히 세

165

령 아씨와 비교할 수가 있나?"

"진령군이 못생겼다고요? 하아, 참 나? 이게 무슨 조홧속인
지 원…."

사공이 허탈하게 웃으며 나반을 슬며시 돌아보았다. 나반
은 눈을 감고 깊은 잠에 빠져 있었다. 환술사가 바닥에 다시
드러누우며 입을 열었다.

"회자수 어른께서 이번에 계룡산과 금산사에 다시 가보라
했으니 분명 좋은 일이 있을 거야."

환술사를 지켜보고 있던 사공이 조심스럽게 물었다.

"회자수 어른이 진인을 만날 것이라 했다면서요?"

"으음, 이 세상을 구할 진짜 진인을 만날 것이라 하셨네."

"그분이 대체 누굴까요?"

사공이 호기심이 가득한 눈빛으로 강물을 바라보았다.

고부 사내에게 다가오는 죽음의 시간

한동안 말이 없던 환술사가 햇빛에 일렁이는 강물을 보며 말했다.

"동학교주께서 나반이에게 말씀하시기를…. 계룡산 신도안에 가서 깨진 거울을 만나면 온전하게 살 것이고, 맑은 거울을 만나면 온전하게 죽을 것이라 했다는데…."

사공이 의아한 표정으로 고개를 갸웃거렸다.

"그거 이상하네요. 그러면 깨진 거울이 좋은 거고 맑은 거울이 나쁜 건가요?"

"모르겠어. 그리 말씀하셨다니 그런가 보다 하는 거지."

"그런데 왜 굳이 뱃길로 가라고 하는 것일까요? 공주 나루터까지야 금강을 거슬러 올라 어찌 갈 수 있다고 하지만, 계룡산 신도안도 그렇고, 모악산 금산사도 그렇고 배로 갈 수는 없잖아요?"

"그걸 왜 나한테 묻나? 우리야 일단 하라는 대로 해보는 거지 뭐."

"허어! 거참…."

사공은 여전히 이해할 수 없다는 듯이 환술사와 나반을 번갈아 바라보았다. 배의 방향을 바로잡기 위해 돛대 끈을 잡아

당기면서 사공이 나지막하게 물었다.

"형님. 그런데 저기 나반 도령은 시간만 나면 저리 잠을 자네요. 어디가 아픈가요?"

"그런 것 같지는 않은데…, 점점 더 말을 하지 않으니 그 속을 알 수가 있나?"

맑은 강바람이 나반의 머리카락을 스쳐 지나갔다. 배는 양화나루를 돌아 김포 쪽으로 흘러가고 있었다.

1882년 10월 9일 오후. 모악산 금산사 승방.

행자승의 말을 듣고 있던 주지 스님이 살며시 눈을 떴다.

"그래서? 너도 그 거울을 들여다보았느냐?"

"예. 거울이 참 맑고 고요해 보였습니다."

"거기에 비친 네 모습은 어떠하더냐?"

"지치고 피곤해 보였는데… 그 거울 안쪽에서 어머니의 모습이 보이는 듯해서…."

행자승이 갑자기 눈물을 글썽거렸다. 주지 스님이 측은한 눈빛으로 행자승의 어깨를 토닥여주었다.

"아직도 어미 품이 그리운 것이냐?"

행자승은 아무 말도 하지 못하고 고개를 끄덕였다. 주지 스님이 나무 그릇에 담겨 있는 곶감 하나를 꺼내서 행자승의 손에 쥐어주었다.

"절에서 내려가 어머니를 만난다 한들 또 굶주릴 것이 아니냐? 이 환란의 시기에는 어찌해서든 살아남는 것이 너의 어머니에게 가장 큰 효도가 아니겠느냐?"

행자승은 고개를 끄덕이면서 눈물을 닦았다. 주지 스님이 행자승을 바라보며 길게 한숨을 내쉬었다.

"그 거울을 갖고 있는 손님들은 이곳으로 온다고 했느냐?"

"예. 스님의 말씀을 전해드렸어요. 그런데 제가 나올 때 다른 손님이 찾아오셔서 시간이 좀 걸릴 거라고 했어요."

"다른 손님?"

"예. 키가 작은 분이셨는데, 눈빛이 아주 무서웠어요."

행자승의 말을 듣고 있던 주지 스님이 가만히 문 밖을 바라보았다. 마른 낙엽들이 이리저리 굴러다니고 있었다. 바람은 점점 더 차가워지고 있었다.

잠시 후.

나반과 환술사가 주지 스님의 방으로 들어왔다. 행자승이 나간 후에 주지 스님이 걱정스러운 눈빛으로 나반을 바라보았다.

"지금 저 아이에게 거울을 보여주었는가?"

"예. 하도 궁금해하면서 보여달라고 하기에…."

"아직 가족에 대한 그리움을 떨치지 못한 아이인데 괜한 짓을 했네."

나반은 아무 말도 하지 않고 고개를 살짝 숙였다. 옆에서 지켜보던 환술사가 조심스럽게 입을 열었다.

"외람된 말씀이나… 저 아이가 너무도 간절히 부탁을 해서 어쩔 수가 없었습니다."

"그렇다고 그런 걸 함부로 보여주면 되겠는가?"

"송구스럽습니다. 저희는 그저 계룡산 신도안에서 만난 그 노인이, 거울을 보고 싶어 하는 사람에게는 보여주라고 하셔서 말씀을 따랐을 뿐입니다."

"내가 말하고자 하는 것은, 돈벌이에 사용하는 그 속된 거울을 왜 저 아이에게 보여주느냐 이걸 말하는 것일세."

주지 스님이 다소 정색을 하고 환술사를 바라보았다. 환술사가 억울하다는 표정을 지으며 살짝 목소리를 높였다.

"스님! 우리는 저 아이에게는 돈도 받지 않고 거울을 보여 주었습니다."

"허어! 이 사람이 진짜 내 말을 못 알아듣는 것인가?"

"못 알아듣는 것이 아니라…."

환술사의 목소리가 커지자, 나반이 환술사를 돌아보았다. 환술사가 투덜거리면서 살짝 뒤로 물러나 앉았다. 나반이 주지 스님을 바라보았다.

"저 아이가 지금 열두 살이라고 하셨습니까?"

"그렇다네. 워낙 먹을 것이 없어 굶주리는 세상이다 보니, 그 어미가 맡기고 갔네."

"스님께서는 저 아이가 어찌 성장해갈지 알고 계시지 않습니까?"

나반의 말에 주지 스님이 나지막하게 한숨을 내쉬었다.

"내가 혹세무민하는 무당도 아니고, 주역을 팔아먹는 점술사도 아닌데 어찌 다음 개벽 세상의 일을 알 수가 있겠나?"

"스님. 이런 시기에는 보이는 바를 말씀해주시는 것이…"

나반이 잠시 말을 멈추고 간절한 눈빛으로 주지 스님을 바라보았다. 주지 스님은 아무 말도 하지 않고 낙엽이 굴러가는 쓸쓸한 뜰을 바라보았다. 나반이 길게 숨을 내쉬고 조용히 말을 이어갔다.

"…무지한 백성들을 그나마 살리는 길이 아니겠습니까?"

"세상이 어지러우니 온갖 환술과 괴이한 이야기가 판을 치고 있네만…. 어찌 절간의 중까지 그런 일에 나서라 하는 것인가?"

"스님! 수많은 백성이 억울하게 죽어갈 시간이 다가오고 있습니다."

나반이 눈물을 글썽거리며 주지 스님을 바라보았다. 주지 스님은 지그시 눈을 감은 채 더는 아무 말도 하지 않았다. 나반도 한동안 말을 잇지 못하다가 조심스럽게 네모난 구리거울을 꺼냈다.

"방금 고부에서 왔다는 사람을 만났습니다. 그의 눈빛이 너무 매서웠습니다."

"내가 막을 수 있다고 생각하는가?"

"스님…."

"혹여 자네가 막을 수 있다고 생각하는가?"

"스님. 하늘이 낸 그 사람이! 저 불쌍한 백성들과 그냥 죽어가는 모습을…."

나반이 주지 스님을 올려다보며 울먹거렸다. 승방 앞뜰을 지나온 차가운 바람에 마른 낙엽이 휘몰아치고 있었다. 나반이 끝내 울음을 터뜨렸다.

"스님. 고부에서 온 사내의 죽음을… 어찌 그냥 지켜보려고만 하시는 것입니까?"

주지 스님이 눈을 떴다. 나반이 간절한 표정으로 스님을 올려다보았다. 환술사는 멍한 눈빛으로 스님과 나반을 번갈아가며 바라보았다. 스님이 천천히 입을 열었다.

"고부에서 온 그 사람. 그 귀한 사람을 살리고 싶다면…."

스님이 말을 멈추고 아주 오랫동안 나반을 바라보았다. 스님이 차가운 바람에 담장을 넘어가는 낙엽을 건너다보며 나지막하게 말을 이어갔다.

"…이제 죽음을 앞둔 절간의 늙은이에게 말하지 말고, 한양으로 돌아가 그 요사스러운 무당의 눈을 찔러 우물에 묻어버리게."

"스님! 저 행자승을 통해 고부에서 온 사람을 살릴 방법이 없겠습니까?"

"일순이 나이가 이제 겨우 열두 살이고 고부의 그 사람이 스물여덟이네. 하늘이 그 사람의 죽음을 막고자 했다면, 일순이를 더 일찍 이 세상에 보냈겠지."

"그러면 앞으로 닥칠 이 비참한 죽음이 하늘의 뜻이란 말씀이십니까? 그것이 진정 하늘의 뜻이라는 말씀이십니까?"

나반의 말에 주지 스님은 아무런 말도 하지 않았다. 나반이 스님 앞에 엎드려 흐느껴 울기 시작했다.

1884년 11월 5일 밤. 창경궁 북쪽 북묘 사당.

나인이 사당 문을 닫고 들어오면서 무당의 눈치를 살폈다.

"진령군 마마! 마포나루에 나가보니, 마마께서 말씀하신 그 사람들이 한양에 다시 들어온 것 같사옵니다."

"몇 사람이라고 하더냐? 여전히 세 사람이 같이 다닌다고 하더냐?"

"마포나루 사공은 열세 명이 배에서 내리는 것을 보았다고 하옵니다."

"열세 명?"

"예. 그 동학교주로 보이는 노인과 그들의 제자 같은 사람이었다고 하옵니다."

나인의 말을 듣고 있던 무당의 표정이 어두워졌다. 무당은 한동안 골똘히 생각하다가 사당 바깥의 동향을 살폈다.

"그들이 천천암으로 올라간 것이 확실한 것이냐?"

"사공이 염탐한 바로는 그렇다고 하였사옵니다."

"나반 도령과 중군장의 딸도 여전히 천천암에 머물고 있는 것이냐?"

"예. 그 나반이라는 사람과 세령, 환술사, 회자수… 모두 천천암에 머물고 있사옵니다."

"다른 사람은 몰라도, 중군장의 딸 그년은…."

무당이 매섭게 눈을 치켜떴다. 나인은 무당의 그 살벌한 기운에 몸서리를 치며 살짝 뒤로 물러나 앉았다. 무당이 서늘한 목소리로 입을 열었다.

"…그 중군장의 딸년은 반드시 갈가리 찢어 죽여야 한다."

"진령군 마마! 굳이 그렇게까지 하시는 연유가…."

"그년이 살아 있는 한, 나는 절대로 뜻을 이룰 수가 없을 것이야."

"마마! 궁궐의 모든 사람들이 마마의 말이라면 꼼짝하지 못하고, 조정의 대소 신료들이 마마님을 뵙기 위해 장사진을 이루고 있사온데… 그깟 계집년 하나를 왜 그리 두려워하시옵니까?"

나인의 말을 듣고 있던 무당이 깊은 한숨을 내쉬었다. 나인이 무당의 눈치를 살피며 사당에 모셔진 거대한 관우상으로 고개를 돌렸다. 무당이 혼잣말처럼 중얼거렸다.

"그년 하나도 감당하기 어려운데, 더 무서운 나반의 기운이 온몸을 감싸안고 그년을 돌봐주는구나. 내가 세상을 얻는다 해도 내 마음의 두려움을 씻을 수 없으니 어찌하면 좋으냐?"

무당의 말을 듣고 있던 나인이 두 눈을 크게 떴다. 나인으로서는 민비도 꼼짝하지 못하는 무당이, 한낱 비구니에 불과한 세령을 두려워한다는 사실을 이해할 수가 없었다. 무당의 눈가에 깊은 그림자가 내려앉았다. 무당의 뒤편에 버티고 서 있는 관운장의 형상이 더 서늘하고 위압적으로 보였다. 무당이 조용히 입을 열었다.

"머지않아 이 궁궐에 또 피바람이 불어올 것이야. 그 이후에 대원군이 청나라에서 풀려나 다시 돌아오게 되어 있어."

무당의 말을 듣고 있던 나인이 살짝 고개를 들었다. 무당이 관운장 형상을 돌아보며 나지막하게 속삭였다.

"나반 도령을 우리 편으로 모시지 못하고, 그 세령이라는 년을 죽이지 못하면…. 주상전하나 중전마마는 물론이고 너와 나도 비참한 죽음을 면치 못할 것이야."

"지… 진령군 마마…."

"북묘 사당에 더 많은 제물을 올려야 해. 양주목사 자리 쌀 칠백 석, 동래부사 자리 쌀 천 석을 받아서라도 제물을 올려야지. 그 누구도 북묘 사당에 예를 올리지 않고는…. 이 나라의 관리가 될 수 없다는 것을 보여주어야만 해."

무당이 입술을 지그시 깨물면서 주먹을 움켜쥐었다. 향로에서 퍼져 나온 연기가, 사당에 모신 관운장의 눈 속으로 파고들었다.

1884년 12월 6일 밤. 궁궐 북쪽 북묘.

나인이 사당 문을 열고 급하게 뛰어 들어왔다. 관운장의 형상에 절을 올리던 무당이 나인을 노려보았다.

"어허! 감히 여기가 어딘 줄 알고! 대체 이 무슨 경거망동한 짓이냐?"

"지… 진령군 마마! 지금 주상전하와 중전마마께서…."

무당이 자리에서 벌떡 일어섰다. 북묘 남문 주변이 소란스러웠다. 무당이 나인을 돌아보았다.

"무슨 일이라더냐?"

"예에 마마! 반란군들이 다시 주상전하의 침소에 난입하려

해서, 전하와 마마께서 이곳으로 오시는 길이옵니다."

나인의 말이 끝나자마자 무당은 사당의 불을 급하게 껐다.

"내가 나가서 전하를 맞이하겠다. 너는 지금 사당 뒤편의 다락문을 열고 전하와 마마를 모실 준비를 하여라."

무당은 사당 문을 열고 밖으로 나가 남문 쪽으로 급하게 걸음을 옮겼다. 그러는 사이에도 전각을 태운 불꽃이 일렁거리고 비명이 울려 퍼졌다. 사당 남문 바로 앞에서도 계속해서 큰소리가 났다.

"주상전하! 더는 요망한 계집의 농간을 간과하시면 아니 되옵니다! 북묘로 들어가시면 아니 되옵니다!"

남자의 목소리가 쩌렁쩌렁 울렸다. 칼과 창이 부딪치는 소리가 들리고 끔찍한 비명이 울려 퍼졌다. 북묘의 남문이 활짝 열렸다.

비겁함을 숨기는 죄악

전별감이 시퍼렇게 날이 선 칼을 들고 소리쳤다.

"이곳은 진령군이 거처하시는 사당이다! 주상전하와 중전 마마를 안으로 모시고! 우리는 목숨을 걸고 지켜야 한다!"

전별감의 명령이 떨어지기 무섭게 나인과 상궁들이 사당의 남문 안으로 밀려 들어왔다. 고종과 민비도 궁녀들과 함께 사당으로 들어섰다. 무당이 달려 나가 고종 앞에 엎드렸다. 무당을 발견한 민비가 허탈한 표정으로 자리에 주저앉았다.

"진령군, 미안하오. 내가 진작에 진령군의 말을 들었어야 하는데…."

"마마 아니옵니다. 아직 때가 늦지 않았사오니 사당으로 드시옵소서."

무당이 민비의 손을 잡으며 사당 쪽으로 이끌었다. 고종도 전별감의 호위를 받으며 사당 안으로 들어섰다. 사당 정면의 관운장 형상이, 피가 묻은 고종과 민비의 얼굴을 매섭게 노려보고 있었다.

1884년 12월 6일 밤. 천천암 삼성각 앞뜰.

환술사가 불타고 있는 궁전을 내려다보면서 손을 내저으며 길게 탄식했다.

"사리사욕에 눈이 먼 무당 하나가 불쌍한 사람들만 죽게 만드는구나."

환술사 양옆에 서 있던 나반과 세령은 아무 말도 하지 않고, 어둠 속에서 반짝이는 불빛만 바라보았다. 환술사가 큼직한 돌 하나를 집어서 궁궐을 향해 집어던졌다.

"이 미련한 것들! 어쩌다가 임금이 제 몸 하나 지키지를 못해서, 왜놈과 청나라 놈들의 가랑이 사이로 기어드는가!"

환술사가 다시 돌을 찾는 사이에 세령이 조심스럽게 입을 열었다.

"지금 정변을 일으킨 사람들의 목적이 청나라의 간섭에서 벗어나자는 것이라면, 그걸 꼭 나쁜 일이라 할 수는 없지 않겠나?"

"청나라 놈들을 몰아내겠다는 것은 좋은 일이지요. 하지만 스스로 일어설 생각은 못하고, 왜 하필이면 왜놈들과 손을 잡느냐 이 말이지요."

"정변을 일으킨 사람들이 왜놈들과 손을 잡았다고 생각하는가?"

"어제 내려가서 살펴보니 그런 소문이 파다하게 돌고 있더라고요."

"그러면 지금 저렇게 불을 지른 사람들은 대체 누구인지…?"

세령이 의아한 표정으로 환술사를 바라보았다. 환술사가 고개를 갸웃거리며 나반에게 고개를 돌렸다.

"글쎄요? 지금 판세가 어찌 돌아가는지 알 수가 없으니…."

환술사의 말을 가만히 듣고 있던 나반이, 삼성각 앞의 바위에 걸터앉았다. 환술사가 나반 옆에 앉으며 안타까운 표정을 지었다.

"에휴우! 이제는 걸핏하면 한 나라의 궁궐 전각이 저리 쉽게 불타오르니…."

"지금 저 불을 지른 사람은… 바로 그 무당입니다."

나반의 말을 듣고 있던 환술사가 깜짝 놀라서 궁궐을 돌아보았다.

"무당? 아니 그년이 왜? 지금 진령군 소리를 들으며 궁궐에서 잘 살고 있지 않은가?"

"임금께서는 우유부단하여 여인네의 품에서 벗어나지를 못하고, 중전은 현감 자리까지 쌀 삼백 석을 매겨 벼슬을 팔아먹는 데 앞장서고 있으니…."

나반이 길게 한숨을 내쉬며 하늘을 올려다보았다. 환술사가 다시 돌을 집어 들어 궁궐 방향으로 집어던졌다. 마음은 돌을 멀리 날려 궁궐에 맞히고자 하였으나, 현실은 계단 아래 법당의 기왓장 깨지는 소리로 돌아왔다. 세령이 나반을 바라보며 나지막하게 말했다.

"중전이 벼슬자리를 팔아먹은 돈을 무당에게 모두 바친다는 말이 있던데?"

"모두 바치는 것은 모르겠으나, 무당이 억만금을 모았다는 말이 있어서…."

나반의 말을 듣고 있던 환술사가 눈빛을 반짝이며 자리에서 일어났다.

"이번 기회에 우리가 저 무당의 재산을 확 털어버릴까? 내가 저 요사스러운 것의 습성을 잘 알고 있으니 분명 찾아낼 수 있을 것이야."

나반은 그의 말을 들은 척도 하지 않았으나, 세령은 진지한 표정으로 환술사를 바라보았다.

"자네가 정말 그걸 찾아낼 수가 있겠는가?"

"마음만 먹으면 그리 어려운 일도 아니지요. 예전에 영인암에 있을 때 금가락지 숨기는 걸 보면 보살상 뒤편 마룻바닥에 넣더라고요."

"하지만 지금은 대궐 북쪽에 북묘 사당을 지어 살고 있다고 하지 않았는가?"

"그러니까요. 바로 그 북묘 사당에 이제는 보살 대신 관운장의 형상을 모시고 있으니 바로 거기에 숨겼겠지요."

환술사의 말에 세령은 조용히 고개를 끄덕였다. 세령은 뭔가를 골똘히 생각하다가 다시 환술사를 돌아보았다.

"쉽지 않은 일이겠지만, 만약 그 돈과 패물을 가져올 수 있다면 굶주리는 백성들에게 나눠줄 수 있을 텐데…."

"간단한 일은 아니겠지요. 궁궐 담장을 넘고 또 그 안의 북묘 사당에 숨어든다는 것은…."

환술사가 씁쓸한 표정을 지으며 고개를 저었다. 아무 말 없이 두 사람의 말을 듣고 있던 나반이 빙긋이 미소를 지었다.

"진정으로 불쌍한 백성들에게 나눠줄 수 있다면…, 그깟 궁궐 담장이 문제겠습니까?"

"오홋! 그래? 그러면 자네가 도와주겠나?"

환술사가 반색을 하며 나반의 어깨를 쳤다. 나반이 환하게 웃으며 두 팔을 번쩍 벌렸다.

"제가 작술에 능하다는 걸 아시잖아요? 대나무만 있으면 궁궐의 담이 아니라, 전각의 지붕에도 오를 수 있지요."

"아하! 그렇지. 자네의 작술이면 뭐 충분히 가능하지. 만약 그리한다면…, 자네가 그렇게 안타까워하는 고부의 그 사내도 살릴 수 있을 것이네."

환술사의 입에서 '고부의 사내'라는 말이 나오자 나반의 표정이 더 진지하게 변했다. 고부의 사내를 살릴 수 있다면… 민중의 꿈과 소망을 담고 있는 고부의 사내를 살릴 수 있다면, 나반은 스스로 이 세상에 온 뜻을 이룰 수 있을 것만 같았다.

"하아…. 그러면 진짜 한번 나서 볼까요?"

나반이 깊은 숨을 내쉬며 환술사를 돌아보았다. 환술사가 양손의 주먹을 불끈 쥐면서 고개를 끄덕였다. 두 사람을 지켜보던 세령이 조심스럽게 입을 열었다.

"만약 그렇게 할 수만 있다면, 불쌍한 백성들에게 아주 공평하게 나눠줄 수 있을 것일세."

싸늘한 바람이 계곡 아래에서 몰아치고 있었으나, 세령은 새로운 희망을 품고 있었다.

1894년 7월 5일.

종두법을 시행한 전 형조참의(前刑曹參議) 지석영(池錫永)이 상소를 올렸다.

"신령의 힘을 빙자하여 임금을 현혹시키고 기도한다는 구실로 재물을 축내며 요직을 차지하고 농간을 부린 요사스러운 계집 진령군(眞靈君)에 대하여 온 세상 사람들이 그들의 살점을 씹어 먹으려고 합니다. 아! 저들의 극악한 행위가 아주 큰데도 한 사람은 귀양을 보내고 한 사람은 문책하지 않으며 마치 아끼고 비호하는 것처럼 하니 백성들의 마음이 어찌 풀리겠습니까. 삼가 바라건대, 빨리 상방검(尙方劍)으로 두 죄인을 주륙하고 머리를 도성 문에 달아매도록 명한다면 민심이 비로소 상쾌하게 여길 것입니다." 《조선왕조실록》 고종실록 32권, 고종 31년

1894년 7월 9일 밤. 북묘 사당.

사당의 제단 앞에서 무당이 표독한 눈빛으로 민비를 내려다보았다.

"형조참의 지석영이라면 종두법을 실시하여 무당들의 밥줄을 끊으려 했던 바로 그놈이 아닙니까?"

"그렇다네. 섬에 유배되었던 자를 풀어주었더니 또 저리 경거망동하고 있네."

"그놈이 상소를 올려 소인을 처단하라고 할 때는 그 뒷배경이 있지 않겠습니까?"

"너무 걱정하지 말게. 그자가 종두법으로 백성들의 민심을 얻고 함부로 설치고 있으나, 그리 오래가지는 못할 것일세."

민비는 무당의 눈치를 살피며 조심스럽게 말했다. 하지만 무당은 독기가 오른 표정을 숨기지 않았다.

"마마! 그게 지금 무슨 말씀이십니까?"

"무슨 말이냐? 지석영이 설쳐봤자…."

"그것이 아니라, 예전 같으면 그자를 잡아들여 목을 자를

일이 아닙니까? 대소 신료들이 모두 들고 일어나 그자를 당장 참수하라 해야 하지 않겠습니까?"

무당이 손을 부들부들 떨면서 민비를 노려보았다. 민비는 무당을 똑바로 바라보지 못하고 고개를 돌렸다.

"자네도 알다시피… 지금 고부에서 일어난 민란이 퍼져 나가면서 심상치 않은 분위기일세. 이런 때는 숨죽이고 모든 말과 행동을 절제해야만 하네."

민비가 긴장된 눈빛으로 무당의 눈치를 살폈다. 무당이 부들부들 떨면서 민비를 노려보았다.

"절제요? 지금 절제라고 하셨습니까? 저 개돼지만도 못한 백성들이 두려워 마마께서 떨고 있는 것은 절제가 아니지요."

무당이 방울을 집어 들었다. 무당의 분노가 그대로 전달되어 방울 소리가 서늘하게 울려 퍼졌다.

"진정한 절제는 참는 것이 아니지요. 먼저 때려죽일 힘이 있으면 숨 쉴 틈도 주지 않고 때려죽이는 것이 절제지요. 목의 핏줄을 끊어버리고 그 붉은 피로 세상을 잠재우는 것이 진정한 절제라… 이 말씀입니다."

무당의 얼굴이 붉게 타올랐다. 실핏줄이 터진 무당의 눈을 바라보며 민비는 몸서리를 쳤다. 무당이 숨을 가다듬고 나지막하게 속삭였다.

"고부 민란이라면 겨우 곡괭이와 죽창을 든 무지렁이들의 난리가 아닙니까? 그까짓 것들은 청국과 왜국의 화포 한 방이면 싹 쓸어버릴 수 있는 것이고요."

"그게 그렇게 쉽지가 않다네. 그것들이 잠시 물러나 있는가 싶다가 또 일어나고 숨었다가 다시 나타나기를 반복하고 있으니…."

민비가 난처한 표정을 지으며 한숨을 내쉬었다. 무당이 책탁자를 내리치며 벌떡 일어섰다.

"마마! 그렇게 약한 마음으로! 어찌 세자 저하를 지키겠습니까?"

무당의 당돌한 태도에 민비는 아무 말도 하지 못했다. 민비는 무당을 진령군으로 모시며 그 누구보다 극진히 떠받들고 있었다. 하지만 지석영의 '진령군 탄핵' 상소 이후에 보여주는 무당의 행동은 민비도 받아들이기 버거웠다. 무당은 민비의 황당해하는 모습에도 아랑곳하지 않고 더 매섭게 눈을 치켜떴다.

"마마께서 이리 약한 모습을 보이시니, 지석영처럼 사악한 자들이 들고 일어나는 것입니다. 다시 한번 말씀드리지만…."

무당이 표독한 눈빛으로 민비를 쏘아보았다.

"이 나라 대소 신료들의 목숨은 저와 마마에게 있습니다."

"하지만 지금 청군과 왜군들이 동시에 들어와서 난리를 치는 바람에…."

"그것이 무슨 상관입니까? 마마께서는 대원군이 궁궐에 들어와 설치는 꼴을 다시 보려는 겁니까?"

"이보시게! 지금 그리 말하면…."

"제 말이 틀렸습니까? 저를 탄핵하라 말하는 놈이 있다면! 그것은 마마를 쫓아내라는 것과 무엇이 다르겠습니까?"

무당의 말에 민비는 아무 말도 하지 못하고 입술을 지그시 깨물었다.

"마마께서 제 말을 듣지 않고… 경복궁으로 옮겨가신 후에 잡귀에 흔들리고 계십니다."

"이보게, 진령군…."

"청군이면 어떻고 왜군이면 어떻습니까? 마마는 조선의 국모이십니다. 국모를 능멸하는 자들이 있다면! 청군의 총이 되었든 왜군의 포가 되었든… 어떤 것을 끌어들이더라도 모두 싹을 잘라 죽여버려야 합니다. 그것들은 백성들이 아니라 전염병처럼 창궐하는 악귀들입니다."

무당의 서슬 퍼런 독기에 민비는 끝내 버티지 못하고 관운장 형상 앞에 털썩 쓰러졌다. 매서운 비바람이 북묘 사당에 몰아치고 있었다.

1895년 1월 8일 저녁. 광희문 밖 주막 객방.

환술사가 눈물을 뚝뚝 흘리며 방바닥에 엎드렸다. 차가운 겨울비가 하루 종일 쏟아지고 있었다. 나반은 아무 말도 없이 뒷문을 살짝 열고 줄기차게 쏟아지는 빗방울을 바라보았다. 주모가 의아한 눈빛으로 세령을 돌아보았다.

"그 고부의 전봉준이란 사람이 그렇게도 대단한 사람이었나요?"

세령이 고개를 끄덕이며 눈물을 닦았다. 주모는 여전히 이해할 수 없다는 듯이 고개를 갸웃거렸다.

"그렇게 대단한 사람이 어쩌면 그리 쉽게 잡혀요? 제가 듣기로는 충청도 어디에서 수많은 사람을 죽게 했다고 말들이 많던데…."

바닥에 엎드려 울고 있던 환술사가 고개를 번쩍 들었다.

"뭐라고요? 아니 누님은 무슨 말을 그렇게 하는 겁니까?"

"무슨 말을 그렇게 하다니? 나야 주막을 오가는 사람들이 하는 말을 전하는 것뿐일세."

"아니지요! 진짜 그러면 아니 되지요! 굶주린 백성들을 살리기 위해 모든 것을 바치고 싸워온 녹두장군님을 두고…. 감히 그렇게 말을 하면 아니 되는 것이지요."

환술사가 원망스러운 눈빛으로 주모를 바라보며 소리를 질렀다. 주모가 세령 뒤로 살짝 몸을 숨겼다. 세령이 주모의 어깨를 토닥이며 환술사를 바라보았다.

"자네 심정이 어떤지 내가 잘 알고 있네만, 그게 어디 주모를 탓할 일인가?"

"누님을 탓하는 것이 아니라…."

"그만하게. 우리는 녹두장군을 지켜낼 수 있는 여러 번의 기회가 있었어. 이제 와서 우리가 누구를 탓할 수 있겠나?"

"그거야 세령 아씨와 회자수 어른이…. 입만 열면 절제니 중용이니 들먹이며 막았기 때문에 그런 것이 아닙니까?"

환술사는 눈물을 흘리며 세령을 노려보았다. 비가 내리는 뒤뜰을 바라보던 나반이 조용히 돌아앉았다.

"형님! 그만하시오. 아무리 화가 나도 어찌…."

"아니! 나는 더 참을 수가 없네. 우리 녹두장군께서 한양으로 압송되신다 하니, 나는 그때를 노려 우리 장군님을 구해내고야 말 것이야."

"이런 때일수록 참고 지켜보면서 더 지극한 마음으로 절제해야 합니다."

"절제? 지금 절제라고 했는가? 이런 때 참고 지켜보는 것이 절제인가? 이건 절제가 아니라 현실이 두려워 도피하려는 비겁한 자의 변명일 뿐일세. 힘이 없는 자의 절제는 미덕이 아니라… 비겁함을 숨기려는 죄악일 뿐이야."

환술사가 주먹을 불끈 쥐면서 자리에서 일어섰다. 겨울비가 싸늘하게 내리고 있었다.

굶주린 아이들을 팔아먹는 법

환술사가 나반을 내려다보며 소리쳤다.

"자네는 녹두장군께서 저리 잡혀가시는 것을 그냥 지켜보고만 있을 것인가?"

나반은 아무 말도 하지 않고 안타까운 눈빛으로 환술사를 바라보았다. 환술사가 나반의 어깨를 잡았다.

"사람의 앞날을 훤히 내다보고, 눈빛만으로도 호랑이를 잠재울 수 있고, 그 어떤 마음의 병도 치유할 수 있다면서… 그것이 나반의 신통력이라면서…. 자네는 언제까지 지켜보고만 있으려는 것인가?"

환술사가 울부짖었으나 나반은 끝내 아무 말도 하지 않았다. 주모가 환술사의 팔을 잡았다.

"이 사람이 낮술에 취했나? 왜 이렇게 막 소리를 지르고 이러나?"

"누님은 저리 물러나시오. 나는 더 참을 수가 없소."

"참지 못하면? 지금 나반 도령에게 행패라도 부리겠다는 것인가?"

"이건 나와 나반의 문제요. 지난번에 그 북묘 사당에 쳐들어갔을 때도 그 무당 년은 나반이 담장을 뛰어넘자 벌벌 떨었어. 그 무당 년을 충분히 죽일 수가 있었다 이 말이요."

환술사는 발을 동동 구르며 소리를 질렀다. 그때 객방 문이
벌컥 열렸다. 회자수 노인이 비에 젖은 모습으로 환술사를 노
려보았다.

"허어! 자네야말로! 나반에게 감히 이 무슨 짓인가?"

"회… 회자수 어른….."

"나반이 나설 수 있는 일이 있고 나서면 안 되는 일이 있네.
내가 그리 말을 해주었건만 아직도 나반을 원망하는가?"

회자수의 서늘한 목소리에 환술사는 고개를 저으며 울먹거
렸다.

"녹두장군이… 녹두장군이 관군들에게 잡히셨다고 합니다.
어찌 이를 가만히 두고 볼 수 있겠습니까?"

"그러면? 공주 우금치에서 혼자 살겠다고 도망친 자네는…
아직도 당당하다 생각하는가?"

"회자수 어른, 그런 것이 아니라….."

"다시 말하지만… 나반은 이런 일에 나설 수가 없네. 어찌
해서 나반을 세속의 일에 끌어들이지 못해 안달이 났는가?"

회자수가 오른손에 들고 있던 죽장 끝을 땅바닥에 내리찍
었다. 환술사가 고개를 저으며 방에서 뛰쳐나갔다. 마루에 앉
아 있던 하얀 고양이가 날카로운 이빨을 드러내며 환술사를
노려보았다. 환술사가 안뜰로 내려왔다. 차가운 겨울비가 정

신없이 내리꽂히고 있었다.

1895년 1월 17일 밤. 북묘 사당.

무당이 환술사를 내려다보며 빙긋이 웃었다.

"오라버니가 이렇게 나를 찾아오다니 내일은 해가 서쪽에서 뜨겠네요."

"내가 긴히 부탁할 말이 있어서 왔네."

"혹시 엊그제 전옥서에서 쫓겨난 일 때문에 그러시나요?"

무당의 말에 환술사가 고개를 끄덕였다. 무당은 방울을 들어 살랑살랑 흔들면서 은근한 미소를 지었다.

"혹시라도 전봉준 그놈 때문에 오셨다면… 나는 아무런 할 말이 없어요."

"이보시게. 내가 지금 전봉준 장군을 살려달라는 것이 아닐세. 자네가 힘을 써서 고문을 받지 않고 빨리 돌아가실 수 있게 해달라는 부탁을 하러 왔네."

"오호! 그래요? 그런데 내가 왜 그런 일을 해야 하지요?"

"제발… 제발 부탁일세. 자네의 말이라면 중전마마께서도 받아주신다 하니…."

"오라버니!"

무당이 책탁자를 내리치며 환술사를 노려보았다. 환술사가 깜짝 놀라 뒤로 물러났다. 무당이 눈을 감고 조용히 방울을 흔들었다. 사당 안에 방울 소리가 서늘하게 울려 퍼졌다. 무당이 눈을 번쩍 떴다. 방울 소리가 멈췄다. 천장이 높은 사당은 깊은 적막에 휩싸였다. 무당이 환술사를 쏘아보았다.

"그 반역의 수괴 전봉준을⋯ 고통 없이 죽게 하고 싶다면⋯. 이곳으로 세령을 데리고 오세요."

"이, 이보시게. 지금 그 말은⋯."

"왜요? 오라버니라면 충분히 할 수 있지 않나요?"

"내가 어찌 그런 일을 할 수가 있겠나?"

"이곳 북묘 사당의 재물을 털겠다고 수많은 도둑들이 드나들 때⋯. 오라버니도 여러 번 오시지 않았던가요?"

무당의 말에 환술사는 허탈한 표정으로 고개를 숙였다. 무당이 은밀한 목소리로 속삭였다.

"세령이를 데려오세요. 그러면 오라버니의 소원을 들어드리지요."

"이보시게. 자네도 잘 알다시피 내가 어찌 세령 아씨를 데려올 수 있겠나?"

"하아! 왜 이러실까? 나반 도령도 모시고 왔던 분이 세령 아씨는 왜 데려오지 못하실까요?"

"나반이야 작술을 펼쳐서 스스로 들어오게 했지만, 세령 아씨는 내가 그리할 수 없는 분이라는 걸 잘 알지 않는가?"

193

환술사가 초조한 눈빛으로 무당의 눈치를 살폈다. 무당이 고개를 살래살래 저으며 미소를 지었다.

"아니지요. 오라버니가 마음만 먹는다면 세령이를 데려올 수 있습니다. 관운장을 모시는 이 사당에… 하얀 고양이가 왜 그리 많이 들어왔었는지…. 오라버니께서 진정 모르시나요?"

"이보시게. 진령군!"

"그 사악한 하얀 고양이가 이 신성한 북묘 사당을 침범할 수 있는 건, 세령이 그년의 술수가 아니겠어요? 오라버니가 그년만 이리 데려온다면 내가 어떤 부탁이든 들어드리지요."

"진령군! 제발 내가 할 수 있는 일을…."

"데려오세요. 그러면 전옥서에 갇힌 그 반란군의 괴수도 바로 죽여주고, 오라버니가 그리 갖고 싶어 하는 금은보화도 내어드리지요."

무당이 미묘한 동작으로 방울을 흔들며 환술사의 동공을 쏘아보았다. 환술사는 정신을 차리려고 하였으나, 방울 소리가 미묘하게 울려 퍼질 때마다 점점 더 눈앞이 흐려졌다. 무당이 꿈속에서 속삭이는 것처럼 환술사에게 파고들었다.

"중군장의 딸… 그 세령이만 데려오세요. 그러면 오라버니는… 아주 많은 것을… 자연스럽게… 얻을 수가 있어요."

무당의 속삭임에 환술사의 눈이 스르르 감겼다. 환술사의 몸이 옆으로 쓰러졌다. 무당이 문 쪽에 대기하고 있던 나인에게 눈짓을 했다. 나인이 무당의 의중을 알아차리고, 사당 문 앞에 병풍을 쳤다. 무당이 은밀한 목소리로 속삭였다.

"너는 이제 그만 나가보아라."

나인이 옆으로 쓰러진 환술사를 살며시 바라본 후에 밖으로 나갔다. 무당이 환술사의 옷고름을 풀었다. 환술사는 몽롱한 상태에서 무당을 간신히 바라보았다. 무당이 왼손으로 방울을 흔들면서, 오른손으로 은근하게 환술사의 몸을 쓰다듬기 시작했다.

"오라버니! 진작에 오셨어야지요. 숱한 사내들을 이곳에 들였으나…. 영인암에서 오라버니가 저를 안아주었을 때의 그런 기쁨은 맛볼 수가 없었지요."

무당의 숨소리가 점점 더 거칠어졌다. 환술사는 원하는 대로 움직일 수는 없었으나, 방울 소리가 은은하게 울려 퍼질수록 온몸이 뜨겁게 달아올랐다. 겨울바람이 미친 듯이 불어왔다. 제단의 촛불이 심하게 일렁거렸다. 빛과 어둠이 한데 뒤엉켜 깊고 깊은 그림자를 만들어내고 있었다. 무당의 신음이 사당 밖으로 흘러나왔다.

환술사가 눈을 떴다. 무당이 적나라한 알몸으로 환술사를 끌어안고 있었다. 환술사가 깜짝 놀라서 일어서려고 하자 무당이 눈을 떴다.

"오라버니… 어디를 가시려고요?"

환술사는 아무 말도 하지 못하고 멍한 눈빛으로 북묘 사당
의 높은 천장을 바라보았다. 촛불은 마지막 불꽃을 태우고 있
었다. 촛불이 흔들릴 때마다 제단에 모신 관운장 형상의 수염
이 일렁거렸다. 환술사가 깊은 한숨을 내쉬었다. 무당이 환술
사의 가슴을 다정스럽게 쓰다듬었다.

"오라버니. 아직 아무것도 늦지 않았어요. 오라버니가 마음
만 먹는다면 이 조선 땅이 바로 오라버니의 것이지요."

"지… 지금 그게 무슨 말인가?"

"그렇지 않습니까? 저의 말 한마디면 중전마마가 따라주고
있어요. 주상전하는 중전마마의 말씀이라면 모든 것을 윤허
해 주시고요. 그러니 제 말 한마디면 …조선 땅에서 이뤄지지
않을 일이 있겠어요?"

무당이 살짝 몸을 일으키며 환술사의 볼을 어루만졌다. 환
술사는 여전히 멍한 눈빛으로 천장만 바라보고 있었다. 무당
이 팽팽한 가슴을 환술사의 입으로 들이밀며 은밀하게 속삭
였다.

"오라버니. 제가 이곳 북묘에서 살아보니, 우리 조선 땅처
럼 좋은 곳이 없어요. 제가 어느 고을의 군수나 현감 자리를
딱 찍으면…. 사람들이 돈을 싸 들고 와서 장사진을 이루고
있어요. 지난번에 밀양 사람 박병인은 삼만 냥을 내고 경주군

수 자리를 받아갔지요."

무당의 말을 들으면서 환술사는 아무 말도 할 수 없었다. 무당이 얼굴을 붉히며 환술사의 온몸을 다시 쓰다듬었다.

"오라버니, 이 조선 땅에서 돈 벌기가 가장 쉬운 일이 뭔지 아시나요?"

환술사는 허탈한 눈빛으로 고개를 저었다. 무당이 환술사의 배꼽 아래로 입술을 가져갔다. 환술사가 몸이 들떠서 눈을 크게 떴다. 무당이 환술사를 올려다보며 은밀하게 속삭였다.

"그건 바로 아이들을 사들여서 팔아먹는 것이지요."

"서… 설마하니 자네가…?"

"어차피 굶어 죽는 아이들이에요. 예전에 임오군란 때는 장안에 걸식하던 아이 200여 명을 청나라 군인들이 잡아갔어요. 그 이후에 아이들을 잡아서 팔면 돈벌이가 된다는 소문이 돌면서 청군들이 아주 난리를 쳤지요."

"나도 그 소문은 들었네만…."

환술사가 허망한 눈빛으로 무당을 내려다보았다. 무당이 환술사의 몸에 다시 입술을 가져갔다. 환술사가 나지막한 신음을 냈다. 하나 남은 제단의 촛불이 마지막 불꽃을 태우고 꺼져버렸다. 무당이 환술사의 몸으로 올라갔다.

"이제 또 난리가 진압이 되고 굶주리는 아이들이 넘쳐나는 세상이니…. 우리는 엄청나게 큰돈벌이를 할 수 있는 때가 되었지요."

"그… 그게 지금 무슨 말인가?"

"동학난의 괴수 전봉준이 잡혔지요. 수많은 무지렁이들이 멋도 모르고 그놈을 따르다가 왜군과 관군의 총에 죽어나갔어요. 그러면 그 미련한 놈들의 처자식들은 어찌 살고 있을까요?"

무당의 말에 환술사의 몸이 차갑게 식어갔다. 무당이 아쉬운 눈빛으로 환술사를 내려다보았다. 무당이 환술사의 몸을 부드럽게 쓰다듬으며 속삭였다.

"그 미련한 농민 반란군들의 자식들이 길거리를 떠돌며 구걸을 하고 있어요. 사내아이가 세 냥이고 계집아이는 다섯 냥입니다."

환술사가 자리를 박차고 일어났다. 무당이 옆으로 밀려나 바닥에 쓰러졌다. 환술사가 무당을 매섭게 쏘아보았다.

"지금 그게 대체 무슨 말인가?"

"오라버니! 진짜 몰라서 이러시나요?"

"아이들의 몸값이 세 냥, 다섯 냥이라니? 그게 대체 어인 말인가?"

"우리가 잡아서 팔 때 그런 것이고…, 그것들을 왜국이나 청국 상인들이 본국에 가서 팔 때는 열 냥이 넘는다고 하네요. 세상에 이만한 돈벌이가 어디 있겠어요?"

무당이 빙긋이 미소를 지으며 환술사에게 다가왔다.

"현감 자리 하나를 팔면 쌀이 삼백 석이라면서? 그리 쉽게 돈을 벌 수가 있는데 그 불쌍한 아이들에게 어찌 그런 악마 같은 짓을…."

"악마? 지금 악마라고 하셨어요?"

무당이 혀를 길게 내밀어 윗입술을 핥으며 입맛을 다셨다. 무당의 모습은 가장 요염하면서도 뱀처럼 섬뜩해 보였다.

"내가 악마라면 전봉준 그놈을 버리고 도망친 오라버니는 신선이라도 되시나요?"

"그… 그건 우금치 전투가 워낙 잔혹해서…."

"숨기려 하지 마세요. 누구나 다 악마를 품고 살아가지요. 다만 때를 만나지 못해 자신의 마음속에 있는 악마를 끌어내지 못할 뿐…. 깊이 잠들어 있는 악마를 끌어내야 비로소 자유롭게 살 수 있지요."

"그 무슨 말인가? 자네는 하늘이 두렵지 않단 말인가? 하늘의 천벌이 진정으로 두렵지 않단 말인가?"

환술사의 말에 무당의 눈이 반짝였다. 무당은 깔깔거리고 웃으며 환술사의 식어버린 몸을 바라보았다. 환술사가 부르르 몸을 떨었다. 무당이 붉은 혀를 날름거리며 환술사의 가슴을 핥기 시작했다. 환술사는 넋이 빠진 눈빛으로 자신의 벌거벗은 몸을 내려다보았다.

"조선 팔도에 그렇지 않아도 길거리를 떠도는 아이들이 많은데, 이제 저 무지한 농민군들이 죽어가면서 수많은 아이들을 남겼으니… 참으로 손쉬운 돈벌이가 되지 않겠어요?"

무당은 큰 소리로 웃으며 환술사에게 다가왔다. 환술사가 부르르 몸을 떨었다. 환술사는 어떻게 해서든 정신을 차리려고 했으나, 사당에 울려 퍼지는 방울 소리에 점점 더 정신이 혼미해졌다.

여우 사냥

무당이 긴 손가락으로 환술사의 목을 감싸안았다.

"오라버니. 무지한 백성들은 아이를 낳고 또 낳을 것이고… 그 아이들이 자라나서 또 끊임없이 아이를 낳겠지요. 그것들이 무럭무럭 자라나서 우리를 위한 개돼지로 살아갈 것이니 우리는 그저 쓸어 담으면 되는 것이지요."

"그렇다고 천륜을 저버리는 짓을 어찌…?"

"생각을 해보세요. 청국이나 왜국의 군인과 상인들이 닥치는 대로 아이들을 그냥 잡아가게 두는 것이 좋을까요? 우리가 잡아서 정당한 값을 받고 넘겨주는 것이 좋을까요?"

무당의 말에 환술사는 길게 한숨을 내쉬며 고개를 저었다. 무당이 향로에 붉은 나무를 집어넣고 방울을 흔들기 시작했다. 방울 소리가 점점 더 커지면서 환술사의 동공이 풀어졌다. 주변 동태를 살피던 무당이 점점 더 대담하게 환술사의 목과 귀를 핥기 시작했다. 환술사는 징그러운 뱀을 대하는 것처럼 진저리를 쳤다. 무당이 서늘하게 입을 열었다.

"어제 별자리를 살펴보니 서남쪽의 별이 빛을 잃어가고 있어요. 이제 이곳에서의 생활도 끝나가는 듯하네요."

"별자리라니? 그게 무슨 말이냐?"

"저에게까지 왜 이러시나요? 오라버니는 어느 정도 알고 계시잖아요. 그 나반 도령은 더욱더 잘 알고 있을 것이고….."

"자네는 그러면… 이 사당을 떠날 생각을 하고 있는가?"

환술사의 말에 무당이 고개를 끄덕였다. 환술사가 무당의 손을 떼어내며 진지한 표정으로 물었다.

"주상전하의 별빛은 아직 살아 있는데 중전마마의 빛이 사라지고 있네. 자네는 이를 어찌 보고 있는 것인가?"

"보이는 그대로 보시면 되지요. 제가 큰소리를 치고 살 수 있었던 것은, 그래도 모두 중전마마 덕분이지만….."

무당이 잠시 말을 멈추고 환술사를 올려다보았다. 환술사가 긴장된 눈빛으로 나지막하게 입을 열었다.

"자네 혼자서 떠날 생각인가?"

무당이 고개를 끄덕였다.

"제가 서남쪽 바다에 아주 살기 좋은 섬 하나를 보아두었지요. 저는 이름도 바꾸고 행색도 바꿔서… 낙향한 선비의 고결한 아내로 살아가고 싶어요."

"그게 가능하다고 생각하는가? 세상이 바뀌면 반드시 뒤쫓는 자들이 있을 것이네."

"이미 수년 전에 섬을 사두었지요. 사람들을 모두 내보내고, 믿음직한 사람을 앞세워 터를 닦아놓았으니, 올해가 가기 전에 그 누구도 모르게 내려갈 생각입니다."

환술사가 멍한 눈빛으로 무당을 바라보았다.

"그렇게 준비했으면 조용히 내려가 숨어 살면 되지 않는
가? 왜 굳이 세령 아씨를 죽이려 하고, 아이들을 팔아먹으려
하는가?"

"오라버니께서는 세령이 그년의 기운을… 진정 몰라서 하
는 말인가요?"

무당이 날카롭게 눈을 치켜떴다.

"그년이 조선 땅에 살아 있는 한, 나는 단 하루도 마음 편히
살 수 없어요. 그년의 호랑이 기운이 얼마나 매서운지 오라버
니께서 누구보다 잘 알지 않나요?"

"세령도 매섭지만… 그런 기운이야 나반이 훨씬 더 무섭지
않은가?"

환술사의 말을 가만히 듣고 있던 무당이 조용히 입꼬리를
올리며 미소를 지었다.

"무서운 기운이야 나반 도령을 상대할 자가 없지요. 하지만
나반 도령이야…."

무당이 길게 숨을 내쉬며 환술사의 볼을 쓰다듬었다.

"그 영험한 나반 도령이야 속세의 일에 굳이 개입할 분이
아니지요."

"네가 나반을 어찌 알고 그런…?"

"적어도 오라버니보다는 그 영험함을 잘 알지요. 지난번에

북묘의 담을 넘어 들어왔을 때, 그분이 나를 죽일 사람이 아니라는 걸 바로 알 수 있었지요.”

무당이 관운장의 형상을 돌아보며 빙긋이 웃었다.

1895년 4월 24일 오후. 마포나루터.

나반이 새남터 쪽을 바라보며 배에 올랐다. 세령이 조심스럽게 그 뒤를 따랐다. 사공이 나반을 돌아보며 안타까운 눈빛으로 말했다.

“이제 나라의 법이 바뀌어서 새남터에서 참수하는 일은 없다고 하던데…?”

나반은 아무 말도 하지 않고 뱃전에 기대어 앉았다. 세령이 나반의 눈치를 살피며 조심스럽게 입을 열었다.

“우리도 알고 있네. 다만 전봉준 장군님을 교수형으로 집행한 후에 새남터로 옮길 것이라는 말이 있어서 가보고자 하는 것일세.”

“한양에도 동학교도들이 많이 들어와 있다는데, 관리들이 두려워서 그렇게 할까요?”

사공은 쓸쓸한 표정을 지으며 나반을 돌아보았다. 세령이 바람에 날리는 머리카락을 쓸어 올렸다.

“나반 도령이 그곳에 가고자 하면… 우리는 그 뜻을 따라가는 것이지."

사공이 세령과 나반을 번갈아 바라보다가, 새남터 모래사장을 향해 천천히 노를 저었다. 쓸쓸한 봄바람이 나반의 몸을 후려치고 있었다.

1895년 5월 7일 저녁. 경복궁 동궁전 자선당.

민비가 궁녀의 몸을 지그시 바라보았다. 궁녀는 바르르 떨면서 민비의 눈치를 살폈다.

"세자 앞에서 옷을 벗을 때는 어찌하라 했느냐?"

"예, 중전마마. 몽환의 향취가 다리 사이에서 서서히 배어나게 하고, 세자 저하의 눈빛을 보며 천천히 벗으라 하시었사옵니다."

"오늘 네가 세자의 마음을 들뜨게 하여, 세자빈과 합방을 무사히 마친다면 큰 상을 내리도록 하겠다."

"예, 중전마마. 한 치의 어긋남도 없이 시행하도록 하겠사옵니다."

민비는 초조한 눈빛으로 궁녀를 바라보다가 자리에서 일어났다. 민비가 자선당 문을 열고 나가자 병풍 앞에 서 있던 세자빈이 침소 옆으로 물러났다. 잠시 후 세자가 헛기침을 하며 안으로 들어왔다. 궁녀가 세자에게 절을 올리고 이불 위로 먼저 올라갔다. 궁녀가 세자빈을 돌아보았다. 세자빈이 고개를 끄덕이자 궁녀가 천천히 옷을 벗었다.

"세자 저하. 봄바람이 참으로 온화하옵니다."

궁녀는 속적삼을 살짝 내리면서 치마를 벗었다. 치마 안에는 속치마를 입고 있었으나, 속바지를 입지 않은 궁녀의 몸은 그대로 불빛 아래에 드러났다.

"저하! 이리 가까이 오시옵소서."

궁녀가 다리를 살짝 벌리며 세자의 손을 잡아끌었다. 하지만 세자는 무덤덤한 표정이었다. 오히려 옆에서 지켜보던 세자빈이 얼굴을 붉히며 고개를 돌렸다. 궁녀가 세자의 손을 다리 사이로 끌어들였다. 합환수의 야릇한 꽃향기가 궁녀의 다리 사이에서 퍼져 나왔다.

"세자 저하! 이 안쪽이 어떠한지 보고 싶지 않사옵니까?"

궁녀가 몸을 살짝 꼬아가며 세자의 손을 더 가까이 끌어당겼다. 세자의 숨소리가 조금씩 거칠어졌다. 궁녀는 살며시 미소를 지으며 속적삼 아래로 드러난 가슴을 세자의 팔에 밀착시켰다. 세자가 뜨거운 손을 궁녀의 가슴에 올렸다. 세자가 숨을 가쁘게 쉬면서 궁녀의 다리 사이에 깊숙하게 손을 넣었다. 궁녀가 옆에서 지켜보던 세자빈을 돌아보았다. 세자빈이 이불 위로 올라와 천천히 옷을 벗었다. 궁녀가 세자빈이 옷을 벗을 수 있도록 도와주었다.

"빈궁마마. 어쩌면 이리 살결이 부드럽사옵니까?"

"부끄럽구나. 조용히 하여라."

세자빈이 바짝 타들어가는 입술을 세자의 가슴에 가져갔다. 달아오른 세자가 급하게 옷고름을 풀었다. 궁녀가 세자의 옷을 벗을 수 있도록 도와주었다. 세자가 궁녀를 세게 끌어안았다. 궁녀가 당황한 눈빛으로 세자빈을 돌아보았다. 세자빈이 입술을 깨물며 고개를 끄덕였다. 궁녀가 세자의 다리 사이에 손을 넣었다. 세자가 짧게 신음을 냈다. 궁녀가 깜짝 놀라서 뒤로 물러섰다.

"세자 저하…"

세자가 바닥에 털썩 주저앉았다. 궁녀가 허둥거리면서 세자의 다리 사이로 입을 가져갔다. 방 안의 기운이 심상치 않은 것을 눈치챈 민비가 다급하게 소리쳤다.

"어찌 되었느냐? 지금 잘 되고 있는 것이냐?"

민비의 소리가 들려오자 세자의 얼굴이 급격하게 어두워졌다. 세자의 다리 사이에 얼굴을 묻고 있던 궁녀가, 울상이 되어 고개를 들었다. 세자빈이 난감한 표정으로 고개를 저었다. 궁녀가 울먹거리면서 세자를 올려보았다. 세자가 암담한 눈빛으로 고개를 숙였다.

"그만 나가보아라. 오늘도 아니 될 듯하구나."

세자는 아무 말도 하지 않고 이불 속으로 들어갔다. 궁녀가

세자빈을 바라보았다. 세자빈의 눈에서 주르르 눈물이 흘러
내렸다.

1895년 10월 8일 밤. 경복궁 옥호루 민비의 처소.

민비가 초조한 눈빛으로 일본인 양녀를 바라보았다.

"지금 저 바깥이 왜 이리 소란한 것이냐? 이대로 있어도 괜
찮은 것이냐?"

"중전마마. 아무 걱정하지 마시옵소서. 지금 동학 잔당들이
궁궐에 난입하려 하는 것을, 우리 대일본국 군인들이 소탕하
고 있는 중이라 하옵니다."

"허어! 이런…. 전별감! 우리 전별감은 왜 이리 오지 않는
것이냐?"

민비는 궁녀들을 노려보며 호통을 쳤다. 궁녀들은 아무 말
도 하지 못하고 벌벌 떨고만 있었다. 그러는 사이에도 사람들
의 비명과 총성이 울려 퍼지고 있었다. 민비가 자리에서 벌떡
일어섰다.

"이대로는 아니 되겠다! 지금 당장! 창경궁의 북묘 사당으
로 가겠다!"

민비가 문을 나서려고 하자 궁녀들이 앞장을 섰다. 일본인
양녀가 다급하게 두 팔을 벌리며 민비를 막아섰다.

"중전마마! 지금 저 바깥은 너무 위험하옵니다. 이곳에 몸을 숨기고 계시면 아무 일도 없을 것이옵니다."

"허어! 지금 저 비명이 들리지 않느냐? 당장 이곳을 떠나야 한다!"

"마마! 지금 북묘 사당도 불타고 있다고 하옵니다!"

양녀의 말에 민비가 두 눈을 크게 떴다.

"지… 지금 그게 어인 말이냐? 북묘 사당이 불에 타다니?"

"그러니까 그… 동학교도의 잔당들이 진령군을 죽여야 한다며! 북묘 사당에 불을 질렀다고 하옵니다."

"저… 저런! 그러면 우리는 지금 정녕 어디로 가야 한단 말이냐?"

민비가 털썩 주저앉으며 양녀를 올려다보았다. 양녀가 주변의 눈치를 살피며 다급하게 말했다.

"중전마마! 이곳 옥호루가 가장 안전하옵니다. 전별감도 마마께서 이곳에 계시면 모시러 온다고 하였사옵니다."

"저… 전별감이 실제로 그리 말하였느냐?"

민비가 간절한 눈빛으로 양녀를 바라보았다. 일본인 양녀, 고무라(小村室)의 딸이 고개를 끄덕였다.

1895년 10월 8일 밤. 창경궁 북묘 사당.

무당이 경복궁 쪽을 바라보다가 환술사를 돌아보았다.

"오라버니! 아무래도 궁궐에 큰 난리가 났나 봐요?"

"일본 군인들의 움직임이 심상치 않다는 말을 들었는데…."

"예에? 그러면 지금 저것이 동학 잔당들의 소행이 아니라 일본 군대인가요?"

"저녁에 오는 길에 사람들에게 물어보니, 지금 일본 군인들과 낭인들이 경복궁 담장 근처로 몰려들었다고 했네."

"낭인이라면…."

무당이 겁을 먹은 눈빛으로 환술사를 바라보았다. 환술사가 길게 한숨을 내쉬었다.

"그게 일본에서 넘어온 떠돌이 무사들인데…. 돈만 주면 무슨 짓이든 다 하는 놈들이라고 들었네. 오늘 그들이 아무런 거리낌 없이 여우 사냥을 할 것이라고 하였네."

"여우 사냥이라면… 그 말은 설마하니…?"

무당이 눈을 크게 뜨며 바르르 손을 떨었다. 환술사가 고개를 끄덕였다. 무당은 세차게 고개를 저으며 울먹였다.

"그런 자들이 어찌 한양 도성에 활개를 치고 다닐 수 있단 말인가요?"

"중전마마께서도 정치적으로는 경계를 하면서도, 불꽃놀이를 할 때나 연희를 베푸실 때는 일본인들을 가까이 하시다 보니…."

환술사의 얼굴에 검은 그림자가 짙게 드리워졌다. 무당이 환술사의 팔을 잡았다.

"오라버니! 우리가 지금 이럴 때가 아닌 듯하네요."

"이럴 때가 아니라면…?"

"마포나루에 배는 준비되어 있지요?"

환술사가 고개를 끄덕이자, 무당의 눈빛이 반짝였다.

"마포나루 사공은 믿을 만한 사람이지요?"

"우리와는 오랫동안 알고 지낸 사람이고, 중전마마께서 한강을 건널 때도 도와주었던 사람이니 믿어도 되네."

"그 사공의 배로 강화도까지 갈 수 있겠지요?"

"그게 어려운 일은 아니지. 자네는 지금 떠날 생각인가?"

환술사의 질문에 무당이 고개를 끄덕였다. 환술사가 당황한 눈빛으로 무당을 바라보았다.

"중전마마를 마지막으로 보고 간다고 하지 않았었나?"

"지금 저 사태를 보니… 아무래도 심상치가 않네요. 그리고 무엇보다 요즘에 중전마마께서는 그 일본인 양딸년에게 빠져 있어서…."

무당이 입술을 꽉 깨물면서 절레절레 고개를 저었다. 환술사가 무당의 모습을 보면서 걱정스러운 눈빛을 보냈다.

"아무리 그렇다 해도 중전마마께서 변이라도 당하신다면…."

"그게 오라버니와 무슨 상관이 있나요?"

"허어! 진령군이야말로 지금 그게 어인 말인가?"

"그렇지 않나요? 오라버니께서는 중전마마를 끌어내리지 못해 안달이셨잖아요?"

무당의 말에 환술사는 다시 한숨을 내쉬었다.

"아무리 미워하는 분이라 해도, 명색이 국모인데 일본 군인들의 손에 세상을 떠나시게 할 수는 없지 않은가?"

"우리 조선의 국모? 진심으로 그리 생각하세요?"

무당이 서늘하게 미소를 지었다. 그때 큰 포성이 울려 퍼지고 사람들의 비명이 밤하늘을 찢을 듯이 높아지고 있었다. 궁궐 전각이 환하게 불타오르고 있었다.

우물 속에 반짝이는 별

무당의 지시하에 하인들이 미리 준비한 재물을 수레에 실었다. 대문 앞에서 대기하고 있던 가마꾼 네 사람이 사당 앞으로 가마를 대령했다. 총과 칼을 든 사병 여섯 명이 수레와 가마의 앞뒤를 호위했다. 환술사가 걱정스러운 눈빛으로 가마에 오르는 무당을 바라보았다.

"이렇게 많은 사람이 도성을 빠져나갈 수 있겠나? 짐을 분산하여 빠져나가는 것이 어떨지…."

"오라버니! 지금 궁궐이 전쟁터가 되었어요. 이런 상황이 우리에게는 절호의 기회가 되지 않겠어요?"

"하지만 이 많은 사람이 도성 문을 통과할 수 있을지 모르겠네."

"저기 칼을 들고 있는 사람이 보이시나요?"

무당이 가마꾼 수레 앞을 지키고 있는 사병을 가리켰다. 환술사가 고개를 끄덕이자 무당이 조용히 미소를 지으며 속삭였다.

"지금 저 사람이 광희문 수문장의 형님이에요. 사대문은 어렵겠지만, 사소문은 모두 사람을 심어놓았지요."

환술사는 멍한 표정으로 고개를 끄덕이며 장대를 단단히

움켜잡았다. 무당이 신호를 보내자 북묘 사당의 대문이 열렸다. 칼을 든 사병이 앞장을 서고, 재물을 실은 수레가 문을 빠져나갔다.

수레와 가마가 진고개에 올라섰다. 앞에서 수레를 끌던 하인이 뒤를 돌아보다가 깜짝 놀라 소리를 쳤다.

"저… 저기에 불이… 북묘 사당에 불이…."

하인이 가리키는 곳을 바라보던 환술사가 수레를 멈추게 했다. 환술사가 가마 옆으로 급하게 다가갔다.

"진령군! 지금 저기 북묘 사당에 불이 난 듯하네."

가마의 문이 살짝 열렸다. 가마꾼들이 옆으로 돌아섰다. 무당이 불타오르는 사당의 지붕을 바라보았다. 맹렬하게 타오르는 불꽃에 넋이 빠져 있던 무당이 길게 한숨을 내쉬었다.

"어차피 모든 것은… 잠시 빌려 사용하는 것이니… 욕심을 부릴 수도 없고 미련을 가질 필요도 없지요. 권세를 빌려 이만큼 이뤘으니 떠날 때를 아는 사람이 하늘의 뜻을 따르는 것이겠지요."

무당이 가마의 문을 닫았다. 가마가 마포나루를 향해 천천히 움직이기 시작했다.

1895년 10월 10일 오전. 경복궁 근정전.

고종이 심각한 표정으로 신하들을 내려다보며 조령을 내렸다.

"짐이 보위에 오른 지 32년에 정사와 교화가 널리 펴지지 못하였다. 이런 중에 왕후 민씨가 자기의 가까운 무리들을 끌어들여 짐의 주위에 배치하고 짐의 총명을 가리며 백성을 착취하였다. 이로써 짐의 정령을 어지럽히며 벼슬을 팔아 탐욕과 포악이 지방에 퍼지니 도적이 사방에서 일어나서 종묘사직이 아슬아슬하게 위태로워졌다."

고종은 잠시 주변을 둘러보며 대소 신료들의 반응을 살폈다. 민비의 친인척들이 불편한 기색을 살짝 드러냈으나 표면적으로 나서는 사람은 없었다. 고종이 다시 조령을 내렸다.

"짐이 그 죄악이 극대하다는 것을 알면서도 처벌하지 못한 것은 짐이 밝지 못하기 때문이기는 하나 역시 그 패거리를 꺼려하기 때문이기도 하였다. 짐이 이것을 억누르기 위하여 지난해 12월에 종묘에 맹세하기를, '후빈과 종척이 나라 정사에 간섭함을 허락하지 않는다.'고 하여 민씨가 뉘우치기를 바랐다. 그러나 민씨는…."

고종이 잠시 말을 멈추고 한동안 뭔가를 생각했다. 고종은 다시 단호한 눈빛으로 조령을 이어갔다.

"…민씨는 오래된 악을 고치지 않고 그 패거리와 보잘것없는 무리를 몰래 끌어들여 짐의 동정을 살피고 국무 대신을 만나는 것을 방해하였다. 또한 짐의 나라의 군사를 해산한다고 짐의 명령을 위조하여 변란을 격발시켰다. 사변이 터지자 짐을 떠나고 그 몸을 피하여 임오년의 지난 일을 답습하였으며 찾아도 나타나지 않았다. 이것은 왕후의 작위와 덕에 타당하지 않을 뿐만 아니라 그 죄악이 가득 차 선왕들의 종묘를 받들 수 없는 것이다. 짐이 할 수 없이 짐의 가문의 고사를 삼가 본받아 왕후 민씨를 폐하여 서인으로 삼는다."

고종의 조령이 끝나자 신하들은 아무 말도 하지 않았다. 《조선왕조실록》고종실록 33권, 고종 32년

1895년 10월 14일 저녁. 광희문 밖 주막 객방.

주모가 사공에게 술을 따라주며 길게 한숨을 내쉬었다.

"그래서 그 진령군인지 진절머리인지 그년을 강화도에 내려준 거야?"

"예에. 미리 어떤 기별을 했는지 세 사람이나 나와 있었습니다."

"에휴우…. 환술사도 그년이랑 같이 내린 거고?"

주모의 말에 사공이 눈치를 살피며 술잔을 비웠다. 덤덤한 표정으로 혼자 술을 마시던 사냥꾼이 주모를 돌아보았다.

"이번에 우리가 아주 단단히 한몫 잡았네. 이게 다 주모 덕

분이 아니겠나?"

사냥꾼의 말을 듣고 있던 주모가 눈을 흘기며 옆으로 돌아앉았다. 사냥꾼이 큰 소리로 웃으며 놀리듯이 주모의 엉덩이에 손을 댔다. 주모가 질겁을 하며 사냥꾼을 노려보았다.

"아니 지금 정신이 나가셨소? 점잖은 양반이 체면도 없이 이게 무슨 짓이래요?"

"내가 점잖은 양반이었나? 처자식 잃고 집도 절도 없는 놈이 그런 것이 어디 있겠나?"

"헛소리 그만하시고 술이나 드시고 가쇼."

주모는 사냥꾼을 노려보면서 자리에서 일어났다. 사공이 조심하라는 듯이 사냥꾼에게 눈짓을 했다. 사냥꾼이 쩝쩝거리며 입맛을 다시는 사이에 주모가 나가면서 문을 쾅 닫았다.

두 사람이 주거니 받거니 술을 마시고 있을 때, 바깥에서 인기척이 느껴졌다. 사공이 살며시 문을 열었다. 주막의 안뜰을 내다보던 사공이 깜짝 놀라 자리에서 일어났다.

"아니 세령 아씨가 이 시간에 어쩐 일이시지?"

"에잉? 세령 아씨가 오셨어?"

사냥꾼도 의아한 표정으로 자리에서 일어나 바깥을 내다보았다. 주모가 반가운 얼굴로 부엌에서 달려 나왔다.

"하이고오! 세령 아씨. 이게 얼마만입니까?"

주모는 세령의 손을 잡으며 눈물을 글썽거렸다. 세령이 살며시 미소를 지으며 주모를 바라보았다.

"어찌하다 보니 많이 늦어졌네. 지금 천천암으로 올라가기는 너무 늦은 듯하여 염치 불고하고 찾아왔네."

"아씨 무슨 말씀을 그리 하세요. 여기야 아씨께서 오시고 싶으실 때 언제든 오셔도 되지요."

주모는 반가운 얼굴로 세령의 손등을 쓰다듬으며 안방으로 이끌었다. 세령이 객방 주변을 살펴보면서 조심스럽게 물었다.

"그런데 혹시… 나반 도령의 소식은 듣지 못했는가?"

"아니요. 최근에는 소인도 본 적이 없어서…."

주모가 고개를 돌려 객방을 바라보자 살짝 문을 열고 있던 사공이 문을 열고 나왔다.

"세령 아씨 오셨습니까? 오랜만에 뵙겠습니다."

"오랜만일세. 잘들 지내셨는가?"

세령이 목례를 하자, 사공과 사냥꾼이 객방 앞의 작은 마루로 나오면서 고개를 숙였다. 사공이 조심스럽게 세령을 바라보면서 입을 열었다.

"나반 도령은 지난 추석이 지나고… 충청도 보은으로 내려간다고 하여 배를 태워준 적이 있습니다."

사공의 말을 듣고 한참 동안 무엇인가를 생각하던 세령이 조용히 고개를 끄덕였다. 두 사람의 말을 듣고 있던 주모가 세령을 바라보며 나지막하게 속삭였다.

"충청도 보은이라면… 그 동학교주라는 분이 머물고 있는 곳이 아닌가요?"

세령이 고개를 끄덕이면서 조용히 마루에 앉았다. 주모가 세령의 옆에 앉으며 걱정스러운 표정을 지었다.

"혹시 그러면… 나반 도령이 그 동학교주님을 만나러 간 것일까요?"

"어쩌면 그럴지도…. 천천암에서 회자수 어른께 그런 의논을 하는 걸 들은 적이 있네."

"하이고오! 저런 세상에나! 지금 왜놈들이 중전마마까지 죽이고 기세가 등등하여, 동학교도라면 아주 씨를 말리려 하는데…."

주모의 말에 세령의 얼굴이 점점 더 어두워졌다. 분위기가 어색해지자 사공과 사냥꾼이 다시 객방으로 들어가려고 했다. 세령이 급하게 일어났다.

"저기, 혹시 내일 아침에 배를 띄워줄 수 있겠나?"

세령의 말에 사공과 사냥꾼이 서로 얼굴을 마주 보았다. 사공이 몸을 돌려서 세령 앞으로 살짝 다가섰다.

"지금 어디를 또 가시려는 건가요?"

"급히 나반 도령을 만나야 할 일이 있어서 길을 나서야 할 것 같네."

"아씨. 혹시라도… 충청도 보은에 가시려고 한다면 지금은 가시지 않는 것이 좋겠습니다."

사공의 말에 세령이 의아한 표정을 지었다. 사공이 사립문 주변을 둘러보면서 나지막하게 속삭였다.

"지금 왜놈들이 독기가 바짝 올라서, 동학교도들의 씨를 말리려고 한답니다. 관군들은 그 왜놈들의 하수인이 돼서 더 설쳐대고 있고요."

사공의 말을 듣고 있던 사냥꾼이 고개를 끄덕이며 두 사람 사이로 끼어들었다.

"저도 그런 말을 들었습니다. 관군들이 왜놈들에게 잘 보이기 위해서, 멀쩡한 사람도 동학교도로 몰아 잡아들인다고 합니다."

사냥꾼의 말에 세령이 길게 한숨을 내쉬었다. 주모가 의아한 표정으로 사냥꾼을 돌아보았다.

"아니 관군들이 제 나라 백성을 잡아서 왜놈에게 바친다는 건가요?"

"그렇지. 어른들은 말할 것도 없고, 길거리를 떠도는 아이들까지 동학교도의 자식이라고 하면서 왜놈들에게 끌고 간다고 하네."

"세상에 그런 놈들은 대체 어느 나라 사람이래요? 그러면 그 아이들도 죽이는 건가요?"

"에휴우. 말도 말게. 그렇게 잡혀간 아이들은 왜국으로 끌려가서 돈을 받고 팔아넘긴다는 말을 들었네."

"예에? 아니 세상에 어찌 그런…."

주모는 어이가 없다는 듯이 더 이상 말을 잇지 못했다. 심각한 표정으로 사냥꾼의 말을 듣고 있던 사공이 씁쓸한 표정을 지었다.

"그런 일이 어디 지금뿐입니까? 청일전쟁이 나기 전에는 청나라 군인 놈들에게 붙어서, 광통교 수표교 할 것 없이 다리 아래에 사는 아이들을 잡아 팔아먹었지 않습니까?"

사공이 주먹을 움켜쥐면서 부르르 몸을 떨었다. 어두운 주막에 무거운 침묵이 흘렀다. 우물 옆에서 하얀 고양이가 세령을 바라보며 눈빛을 반짝였다. 세령이 고양이 쪽으로 다가갔다. 세령이 고양이를 끌어안고 가만히 우물을 들여다보았다. 우물에 하늘이 내려앉아 있었다. 우물 속으로 들어간 별 하나가 유난히 반짝였다. 세령이 조용히 입을 열었다.

"사람은 대체… 어디까지 악해질 수 있단 말인가?"

주모가 안타까운 눈빛으로 우물가로 다가섰다.

"아씨. 무엇을 그리 유심히 들여다보고 있으신가요?"

"나는 하늘이 두려워 차마 고개를 들 수가 없네. 그런데 이제 성신의 별마저 하늘에 있지 못하고 저 아래로 내려가 있는 것인가?"

세령이 고양이를 끌어안고 우물가에 주저앉았다. 주모가 세령을 부축하며 눈물을 글썽거렸다.

"아씨, 바람이 찬데 어서 일어나세요."

"나는… 나는 대체… 왜놈들에게 팔려가는 그 아이들을 위해 무엇을 해줄 수 있단 말인가?"

"아씨, 너무 그러지 마세요. 얼마 전에 천천암 회자수 어른이 다녀가셨어요."

주모의 말에 세령이 고개를 들었다. 주모가 천천히 입을 열었다.

"나반 도령이 천천암을 떠나기 전날…. 아이들을 잡아가는 왜놈들을 더는 지켜볼 수 없지 않냐고 했다네요."

세령이 지극한 눈빛으로 주모를 올려다보았다. 우물 속에 비친 남동쪽 하늘의 별이 맑게 흔들리고 있었다.

검은 수수밭의 달빛

세령을 지켜보고 있던 사냥꾼이 조심스럽게 우물가로 다가 왔다.

"세령 아씨. 소인이 얼마 전에 청도 운문산에 다녀왔는데… 거기에서 나반을 보았다는 사람들이 있었습니다."

"운문산? 나반 도령이 거기는 왜…?"

"그건 잘 모르겠습니다. 그 일대에 호랑이가 출몰하여 호환 피해가 많아서 팔도의 포수들을 모이게 했는데…. 그때 경상 도 포수들 사이에서 나반의 이야기가 널리 퍼져 있어서 깜짝 놀랐습니다."

사냥꾼의 말에 주모가 의아한 표정으로 입을 열었다.

"나반 도령의 이야기가 널리 퍼져 있다니? 그건 무슨 말이 래요?"

"그러니까 그 운문산 사리암이라는 작은 암자가 있는데, 나 반이 거기에 머물면서 사람들 병도 치료해주고 첩약도 지어 주고 뭐 그랬다나 봐."

"예에? 나반 도령이 병을 치료해줘요? 보은에 가서 동학교 주를 만난 게 아니고?"

"글쎄? 내가 그 전후 이야기가 어떻게 되는지는 모르지만,

223

나반이 청도 사리암에 왔었던 건 확실한가 보네."

주모는 사냥꾼의 말을 들으면서도 미덥지 않은 눈치였다. 사냥꾼의 옆에서 우물을 들여다보고 있던 사공이 고개를 돌려 주모를 바라보았다. 세령이 뭔가를 골똘히 생각하며 하얀 고양이를 조용히 어루만졌다. 밤이 깊어가면서 바람은 제법 싸늘해졌다. 사냥꾼과 사공이 객방으로 들어간 후에 세령이 주모를 돌아보았다.

"내일 새벽에 생각보다 더 일찍 떠나야겠네. 자네가 도와줄 수 있겠나?"

"새벽에요? 방금 전에 아침에 떠난다고 하지 않으셨어요?"

"내가 너무 기다리고만 있었네. 여기서 세상 탓만 하고 있을 것이 아니라, 내가 할 수 있는 방법을 빨리 찾아봐야겠네."

세령이 초조해하는 모습을 보면서 주모는 안타까운 표정을 지었다.

1895년 10월 25일 저녁. 익산 미륵사지 수수밭.

가을걷이가 끝난 미륵사지에 황량한 바람이 불어왔다. 달이 떠오르면서 어둠은 조금 물러났지만, 인적이 그친 절터는 삭막했다. 수수밭에 숨어 있던 여자아이가 고개를 들었다.

"언니! 이제 진짜 사람들이 없는 것 같은데 나가도 되지 않을까?"

"조금만 더 기다려보자. 아직 일이 끝나지 않은 사람들이 근처에 있을지도 몰라."

머리를 수건으로 묶은 소녀가 칭얼거리는 아이를 감싸안았다. 아이는 계속해서 재촉했지만 소녀는 쉽게 결정을 내리지 못했다.

"다래야. 지금 우리가 사람들 눈에 띄면 왜놈들 손에 끌려가서 무슨 짓을 당할지 몰라. 그러니 배가 고파도 조금만 더 참자."

"하지만 너무 배가 고파서 죽을 것만 같아."

"너 며칠 전에 망태 동생들이 관군들에게 잔혹하게 끌려가는 거 봤지?"

"언니가 뭐라 해도 너무 배가 고파서…."

아이가 계속 칭얼거리자 소녀가 정색을 하며 말했다.

"다래야. 너 언니 말 똑바로 들어. 지금 여기서 마을 사람들에게 발각되면 관군들에게 끌려가고, 그러면 왜놈들에게 팔려가서 무슨 일을 당할지 몰라. 그러면 엄마도 만나지 못하고 집으로 다시는 돌아갈 수 없어."

소녀의 말에 아이는 울먹거리면서 고개를 끄덕였다. 수수밭 끝에 걸려 있던 달이 탑 위로 조금씩 움직였다. 달이 탑 위로 완전히 올라서자 소녀가 아이를 끌고 일어섰다. 소녀의 앞

치마에는 수수 이삭이 몇 가닥 담겨 있었다. 수수밭에서 나와 개울가로 간 소녀와 아이는 마른 풀잎을 헤치고 정신없이 물을 마셨다. 소녀는 풀숲에 몸을 숨기면서 아이에게 수수 이삭 하나를 건네주었다.

"천천히… 꼭꼭 씹어 먹어야 해. 지난번처럼 급하게 먹다가 배탈이 나면 진짜 죽을 수도 있어."

소녀가 양손으로 수수 이삭을 비벼서 껍질을 벗겨냈다. 아이도 소녀가 하는 모습을 살펴보면서 손바닥에 수수 이삭을 넣고 비벼대기 시작했다. 제대로 여물지 못한 수수 알갱이였으나, 소녀와 아이에게는 아침에 눈을 떠서 처음 먹는 음식이었다. 아이는 오물오물 수수 알갱이를 씹어 먹으며 소녀를 바라보았다.

"언니 말대로 자꾸자꾸 씹으니까 단맛이 나네."

"그래. 꼭 그렇게 해야만 해. 언제 또 먹을 게 생길지 모르니 천천히 꼭꼭 씹어 먹어."

소녀가 아이의 손바닥에 수수 알갱이를 놓아주며 빙긋이 웃었다. 그때였다. 달빛이 내린 탑 근처에서 갑자기 개들이 짖어대기 시작했다. 소녀가 깜짝 놀라서 아이를 끌어안고 풀숲에 바짝 몸을 엎드렸다. 하지만 개들이 짖는 소리는 점점 더 가까워졌다. 험악한 남자의 목소리가 울려 퍼졌다.

"저기 개울가다! 분명 저기에 뭔가 있어!"

"하아! 역시 형님의 사냥 솜씨는 여전하네요!"

"내가 뭐라고 했나? 먹을 걸 찾으러 반드시 내려올 거라고 했지?"

사내들은 느긋한 표정을 지으며 개울가로 점점 더 가까이 다가왔다. 소녀와 아이를 발견한 개들이 미친 듯이 짖어댔다. 수염이 덥수룩한 사내가 긴 막대로 소녀의 등을 내리쳤다.

"하아! 요년들 여기 숨어 있었구나!"

사내가 소녀의 머리채를 확 잡아당겼다. 소녀가 비명을 지르며 발버둥을 쳤지만 아무런 소용이 없었다. 아이는 울지도 못하고 벌벌 떨었다. 젊은 남자가 아이의 머리채를 장대에 묶으며 환하게 웃었다.

"아! 이거 두 마리 모두 계집년들이네요. 이러면 여섯 냥은 충분히 받겠는데요?"

"여섯 냥? 이 어린 년이야 세 냥도 어렵겠지만 큰 년을 봐라. 가슴도 저리 나오고 얼굴도 반반하니 왜군에 넘기지 않고, 색주가에 팔아도 닷 냥은 충분히 받을 수 있어."

두 남자의 목소리가 커질수록 소녀와 아이는 겁에 질려 아무 말도 하지 못했다. 젊은 남자가 장대 끝에 머리를 묶은 아이를 살짝 들어 올렸다. 아이가 비명을 지르며 울어댔다. 젊은 남자가 킬킬거리며 웃었다.

"형님 말대로 진작에 이런 사냥을 나섰으면 저도 큰 부자가 되었겠어요?"

"말해 무엇해? 이런 난리가 터져야 우리 같은 사람도 한밑천 잡는 법이야."

"그나저나 이년들도 동학교도의 자식이 틀림없겠지요?"

"당연하지. 아비는 동학쟁이가 되어 설치다가 뒈지고 어미는 관군에 끌려갔으니, 우리에겐 아무런 뒤탈이 없는 아주 좋은 사냥감이지."

"저기 그런데 형님…."

젊은 남자가 은밀한 눈빛으로 늙은 남자를 돌아보았다. 늙은 남자가 입맛을 다시며 소녀의 가슴을 훔쳐보다가 고개를 돌렸다. 젊은 남자가 누런 이빨을 드러내며 말을 이어갔다.

"우리도 옥구 앞바다로 가서 저년들을 팔면 어떨까요?"

"에이. 그러지 말게나. 그건 아무나 하는 일이 아니야."

"왜요? 거기까지 끌고만 가면 계집아이는 무조건 열 냥씩 쳐준다면서요?"

"그렇기는 한데… 내가 지난번에 거기 갔다가 싸움이 붙어서 죽을 뻔했어."

"형님 까짓것 한번 해봅시다. 이제 동학교도의 어린 새끼들도 점점 씨가 말라가는데…. 이럴 때 단단히 챙겨야지요."

수수밭 너머에서 불어온 바람이 젊은 남자의 땀에 젖은 머리카락을 스치고 지나갔다. 남자가 바람에 날리는 머리카락을 쓸어 올리다가, 그대로 동작을 멈추었다.

"허이그으! 혀… 형님 저기 저…."

젊은 남자는 말도 제대로 하지 못하고, 늙은 남자 뒤에 서 있는 하얀 고양이를 바라보았다. 늙은 남자가 깜짝 놀라서 고개를 돌렸다. 하얀 고양이가 늙은 남자에게 달려들었다.

"흐어… 흐으! 끄으아앗!"

늙은 남자가 얼굴을 감싸안으며 바닥에 엎어졌다. 젊은 남자가 어쩔 줄 몰라서 허둥거리고 있을 때, 달빛이 어린 공중에서 긴 장대가 날아와 사내의 머리를 내리쳤다. 젊은 사내는 비명도 지르지 못하고 그대로 쓰러졌다. 작대기를 짚은 사람이 공중으로 날아오르더니, 젊은 남자의 가슴으로 내려앉았다. 나반이었다.

"크으허억!"

젊은 남자의 얼굴이 고통을 이기지 못하고 일그러졌다. 나반이 뒤돌아서 버둥거리고 있는 늙은 남자의 머리를 연이어 내리쳤다. 갑작스러운 공격에 개들은 낑낑거리며 뒤로 물러섰다. 하얀 고양이가 달려들자 개들은 미친 듯이 달아나기 시작했다. 나반이 장대에 묶인 아이의 머리를 풀어주고, 손이 묶인 소녀의 밧줄도 풀어주었다. 세령이 아이에게 다가갔다.

"아가, 괜찮으냐?"

아이는 여전히 겁에 질려 울먹거렸다. 세령이 소녀를 보며 돌아앉았다.

"놀라지 마라. 나는 너희들을 도와주러 왔단다."

소녀가 눈을 크게 뜨고 세령과 나반을 번갈아 바라보았다.

1895년 10월 28일 밤. 옥구 포구 주막.

주막은 고요한 적막에 휩싸여 있었다. 나반이 사립문을 밀치고 안으로 들어갔다. 초승달은 주막 뒤편의 포구로 나가는 감나무 위에 걸려 있었다. 나반의 그림자가 안방으로 조용히 스며들어갔다. 주막집 여자가 눈을 떴다.

"흐읍! 누… 누구냐?"

나반이 수건으로 여자의 입을 틀어막았다. 여자가 잠시 버둥거리다가 눈을 감았다. 주막집 사내는 바로 옆에서 벌어지는 일도 모르고 곯아떨어져 있었다. 나반이 사내의 가슴을 짓누르며 바짝 목을 졸랐다. 사내가 깜짝 놀라서 눈을 떴다. 나반이 사내의 목에 칼을 들이댔다.

"꼼짝 마라. 허튼짓하면 바로 황천길로 보내주마."

사내가 눈을 휘둥그렇게 뜨면서 거칠게 숨을 내쉬었다. 나반이 싸늘한 목소리로 물었다.

"아이들을 어디로 데려가는 것이냐?"

"그… 그건…."

"마지막으로 묻는다. 납치범들에게서 사들인 아이들을 어디로 데려가는 것이냐?"

날카로운 칼끝이 사내의 목을 파고들었다. 사내의 목에서 핏방울이 새어 나왔다.

"배… 백련도에서 오는 손님이….'"

"백련도 손님?"

"예에. 백련도에서 오시는 손님이… 아이들을 데려갑니다."

"그 손님이란 자는 언제 오느냐?"

"어제 기별을 넣었으니, 아마도 내일 점심쯤에는….'"

나반은 잠시 망설이다가 마취제를 묻힌 수건으로 사내의 입과 코를 틀어막았다.

새로운 빛

1895년 10월 30일 오후. 백련도 선착장.

세곡선으로 꾸며진 배가 선착장에 이르자, 칼을 든 무사 세 명이 마중을 나왔다. 무사들은 배에서 내리는 사내에게 허리를 숙여 인사했다.

"행수 어른 오셨습니까?"

무사들의 인사를 받은 행수는 멍한 눈빛으로 선착장 위로 올라갔다. 행수는 잠에서 막 깨어난 사람처럼 걸음걸이가 이상했다. 앞에 서 있던 무사가 행수에게 다가섰다.

"행수 어른! 어디 불편하십니까?"

"어? 어어 그러니까 그게…."

"얼굴빛이 너무 불편해 보이십니다. 무슨 일이라도 있으셨습니까?"

"어어. 그러니까 그게 뭐냐면…."

행수는 여전히 넋이 나간 표정으로 선착장 바닥에 털썩 주저앉았다. 무사들이 깜짝 놀라서 행수를 부축했다. 칼을 든 무사가 배 위에 서 있는 어부들을 향해 소리를 질렀다.

"무슨 일이 있었소? 행수 어른이 왜 이러시오?"

무사가 큰 소리로 외쳤으나, 어부들은 긴장된 표정으로 아무 말도 하지 못했다. 무사가 버럭 화를 내면서 칼을 들고 뱃전으로 뛰어내렸다.

"뭐요? 왜들 이러는 것이오?"

무사가 뱃머리에서 밧줄을 잡고 있는 어부에게 다가가 소리쳤다. 어부가 무사의 눈치를 살피며 배의 뒤편을 가리켰다. 무사가 이상한 낌새를 눈치채고 선착장에 서 있는 사람들에게 손짓을 했다. 두 사람이 뱃전으로 다급하게 뛰어내렸다. 세 사람은 칼을 치켜들고 돛대가 세워진 기둥을 지나 배의 뒤쪽으로 다가갔다. 그곳에는 장대를 든 남자가 앉아 있었다. 앞장을 선 무사가 날카롭게 소리를 질렀다.

"거기 뭐 하는 놈이냐?"

세 사람은 장대를 든 남자를 향해 일제히 달려들었다. 그 순간. 조용히 앉아 있던 남자가 장대를 바닥에 찍고 돛대 근처로 높이 날아올랐다. 무사들이 매섭게 칼을 휘둘렀으나 소용이 없었다. 공중으로 날아오른 남자가 배 바닥에 내려앉는 순간, 나무 상자에서 하얀 고양이가 튀어나왔다.

"흐어엇 씨이! 이… 이건 또 뭐냐?"

고양이의 날카로운 이빨과 시뻘건 눈빛에 무사들이 주춤거리며 뒤로 물러섰다. 어지간한 고양이의 두 배 가까이 되는 크기에, 눈에서 뿜어져 나오는 시뻘건 기운이 범상치 않았다.

사내들이 머뭇거리는 사이에 장대를 든 남자가 세 사람의 머리를 동시에 내리쳤다. 사내 하나가 정신을 차리지 못하고 칼을 떨어뜨리자, 고양이가 비호처럼 달려들어 무사의 목을 물어뜯었다.

"끄으아! 끄으아악!"

무사가 목을 움켜잡으며 바닥에 쓰러졌다. 그러는 사이에 남자의 장대는 나머지 두 무사의 머리와 가슴을 사정없이 내리치고 있었다. 머리가 깨진 무사들이 풀썩 쓰러졌다. 그때 선실 바닥의 문이 열리면서 세령이 올라왔다. 세령은 이미 피투성이가 된 무사들을 죽일 듯이 패고 있는 남자에게 다가갔다.

"나반 도령. 이제 그만하시게나."

나반이 숨을 몰아쉬며 세령을 돌아보았다. 세령은 이제 그만해도 좋겠다는 눈빛으로 고개를 끄덕였다. 나반이 바닥에 쓰러진 무사들의 옆구리를 걷어차며 뱃머리에 몰려 있는 어부들을 노려보았다. 세령은 입술이 시뻘개진 고양이를 끌어안으며 어부들에게 명령을 내렸다.

"모두 선실 아래로 내려가시오!"

어부들이 머뭇거리며 서로의 눈치를 살피자, 나반이 장대를 치켜들고 매섭게 노려보았다.

"지금 당장! 이 아래로 내려가라! 머뭇거리는 자가 있으면! 바로 이놈들처럼 만들어주겠다!"

나반이 장대로 뱃바닥을 쿵 내리찍자, 어부들이 앞다퉈 선실 아래로 내려갔다. 어부들이 잠잠해지자, 나반은 선실로 내려가는 문을 닫아걸고, 그 위에 나무 상자를 쌓아 올렸다. 나반은 어부들을 가둬놓은 상태를 다시 점검하면서 세령을 바라보았다.

"저 위의 상황이 지금 어떤지 모르니 아씨께서는 여기 있으시오."

"아닐세. 나도 같이 가보도록 하겠네."

"사람이 무슨 말을 하면 그냥 받아들일 때가 없으시네. 여기 있으라면 그냥 있으시오!"

나반이 세령을 쏘아보며 목소리를 높였다. 세령이 잠시 머뭇거리자 나반이 목소리를 낮췄다.

"내가 조용히 올라가보겠소. 다급한 일이 있으면 휘파람을 불 것이니… 그때 저 고양이나 올려 보내주시오."

나반의 말에 세령은 멍한 눈빛으로 고개를 끄덕였다. 나반은 작대기를 단단히 움켜잡고 선착장으로 올라갔다. 선착장 바닥에 앉아 있던 행수가 나반을 올려다보았다. 나반이 행수의 옆구리를 부축하여 일으켜 세웠다.

"저 고양이의 눈빛에 또 당하고 싶지 않으면, 얌전히 걸어가라!"

행수가 뱃전을 내려다보았다. 세령의 옆에 앉아 있던 고양이가 날카로운 이빨을 드러내자, 행수는 부르르 몸을 떨었다. 나반은 하얀 수건을 푹 눌러쓰고 행수와 함께 섬 위로 올라 갔다.

배에 혼자 남은 세령은 초조한 눈빛으로 섬을 바라보았다. 고양이가 입에 묻은 피를 닦아내며 바닥에 쓰러진 무사들을 노려보았다. 세령은 문득 생각난 듯이 무사들의 칼을 빼앗고, 단단한 줄로 무사들의 손발을 묶었다. 고양이에게 물린 무사 의 목에서는 계속해서 피가 흘러내리고 있었다. 세령이 걱정 스러운 눈빛으로 무사의 목에 천을 가져다 댔다.

"흐음… 괜찮을까? 이거 피를 너무 많이 흘리는데…."

세령은 고양이에게 말을 거는 것처럼 고개를 돌렸다. 상자 위에 앉아 있던 고양이가 풀썩 뛰어내려 세령의 옆으로 다가 왔다. 그때였다. 고양이가 귀를 쫑긋 세우며 섬을 바라보았다.

"백호야! 왜 그래? 소리가 들렸어?"

세령이 고양이를 바라보며 초조한 눈빛으로 말했다. 그때 희미한 휘파람 소리가 다시 들려왔다. 세령이 고양이를 번쩍 들어 안고 뱃머리로 달려가 선착장에 내려놓았다. 고양이는 섬 위쪽으로 바람처럼 달려갔다. 잠시 머뭇거리던 세령이 칼 을 들고 선착장으로 올라갔다. 그러는 사이에 다급한 비명이 울려 퍼졌다.

"끄악! 끄으아앗!"

세령이 단단히 칼을 움켜잡고 돌계단에 올라섰다. 작은 창고의 앞마당에서 세 사람이 나반을 둘러싸고 있었다. 고양이는 나반의 옆에서 마주 선 사람들을 매섭게 노려보았다. 세령이 칼을 높이 치켜들었다.

"네 이놈들! 당장 칼을 버려라!"

훈련도감 중군장의 딸 강세령의 목소리가 날카롭게 퍼져나갔다. 나반을 둘러싸고 있던 무사들이 세령을 돌아보았다. 그 순간. 하얀 고양이가 맨 앞의 무사에게 달려들어 귀를 물어뜯었다.

"까으윽! 아니 이 무슨…."

무사가 발버둥을 치며 비명을 질러댔다. 무사들의 시선이 분산되는 사이에 나반이 장대를 짚고 하늘로 날아올랐다. 무사들이 나반에게 달려들었다. 나반은 공중에서 잠시 머물렀다가 큰 반원을 그리며 멀리 내려앉았다. 무사 두 명이 동시에 달려들었다. 나반의 장대가 정신없이 춤을 추었다. 무사들의 칼끝은 나반에게 이르지 못했고, 검은 장대는 넌출넌출 춤을 추면서 무사들의 머리와 손목을 후려쳤다. 그러는 사이에 고양이는 귀를 물어뜯었던 무사를 피투성이로 만들어놓고 있었다.

"까아앗! 이런 씨…."

무사 하나가 칼을 떨어뜨리자 고양이가 바람보다도 빨리

무사에게 달려들었다. 무사의 코를 물어뜯은 고양이는 날카로운 앞발로 무사의 양쪽 눈두덩이를 동시에 찢어버렸다.

"까으아아! 으아아아!"

고양이의 공격을 받은 무사는 다급한 비명을 질러댔다. 나반과 상대하고 있던 무사가 겁에 질린 얼굴로 물러섰다. 하지만 나반의 긴 장대를 피해갈 수는 없었다. 나반의 장대가 무사의 머리를 세차게 내리쳤다. 무사가 풀썩 쓰러졌다. 세령이 급하게 달려와 고양이게 물려 발버둥 치고 있는 무사의 가슴을 내리찍었다. 싸움은 그것으로 끝이었다.

세령과 나반은 창고 옆의 집으로 향했다. 대문은 굳게 닫혀 있었으나 소용이 없었다. 고양이가 담장 위로 뛰어올라 집안을 살피고, 나반이 장대를 짚고 날아올라 안뜰에 내려앉았다. 집안은 쥐 죽은 듯이 조용했다. 나반이 대문을 열었다. 세령이 칼을 움켜잡은 채, 긴장된 눈빛으로 나반을 바라보았다.

"지금 아무도 없는 것인가?"

"모르겠소. 천천히 뒤져봐야 알지 않겠소."

나반이 부엌 옆의 안방으로 다가갔다. 고양이가 나반의 옆으로 바짝 붙어 서서 작은 움직임도 놓치지 않고 있었다. 나반이 방문의 문고리를 잡아당겼다. 하지만 안에서 잠긴 방문은 꼼짝하지 않았다. 나반이 다시 세차게 잡아당겼으나 소용이 없었다. 주변을 둘러보던 나반이 마루 기둥 옆에 놓인 맷

돌을 집어 들었다. 나반이 맷돌로 문고리를 내리치자 방문이
열렸다.

방 안은 어두웠다. 고양이가 털을 곤두세우고 방으로 들어
갔다. 나반도 장대를 길게 드리우고 방 안으로 들어갔다. 진
한 향불의 향내가 코를 찔렀다. 작은 제단 옆에 여자가 앉아
있었다. 나반이 여자 옆으로 다가섰다.

"이 요망한 년! 여기에 숨어 있었구나!"

무당이 허망한 눈빛을 보이며 고개를 돌렸다.

"역시 나반 도령의 신통력은 대단하시네. 여기는 어찌 알고
찾아오셨나?"

"네년이 아무리 날뛰어봤자, 내 손바닥 안에 있다! 길게 말
하지 않겠다. 여기로 잡아 온 아이들은 어디에 있느냐?"

"허어! 그걸 왜 나한테 물으시나? 나반 도령의 신통력이면
그 정도는 바로 알 수 있지 않으신가?"

무당이 빙긋이 웃으며 나반을 바라보았다. 그 순간 고양이
가 무당의 얼굴로 날아올라 사정없이 귀를 물어뜯었다.

"흐그엇! 아니 이 요사스런 것이 어딜 감히…. 허그엇!"

무당은 고양이의 공격에 꼼짝하지 못하고 소리를 질렀다.

"화… 환술사! 게서 무엇하고 있는… 꺄아아악!"

고양이의 발톱이 무당의 관자놀이를 할퀴고 지나가자, 핏
줄기가 솟구쳐 오르며 온 방 안을 피바다로 만들었다. 세령이

방 안으로 들어와서 무당의 등짝을 내리쳤다. 한동안 발버둥치던 무당이 바닥에 쓰러진 채 꼼짝하지 않았다. 어두운 방 안에 무거운 정적이 흘렀다. 나반이 제단 뒤편을 바라보며 짧게 소리쳤다.

"형님 뭐 하는 거요? 이제 그만 나오셔야지."

나반이 제단 뒤편으로 다가갔다. 미세한 소리가 들려왔다. 환술사가 머리를 손으로 감싸며 제단 앞으로 걸어 나왔다.

"나… 나반이 자네 왔는가?"

나반은 아무 말도 하지 않고 환술사를 노려보았다. 세령이 어이가 없다는 듯이 고양이를 끌어안으며 환술사를 바라보았다. 나반이 환술사의 팔을 잡아 비틀었다.

"지금 여기서 무엇 하는 게요?"

"허어. 나야 뭐 그냥….”

환술사가 울상이 되어 고양이를 바라보았다. 환술사는 고양이가 얼마나 무서운 존재인지를 알고 있었다. 세령이 환술사 앞으로 다가섰다.

"아이들은… 뭍에서 데려온 아이들은 어디에 있는가?"

세령의 말에 환술사가 덜덜 떨면서 문 바깥을 가리켰다. 나반이 환술사를 끌고 바깥으로 나왔다. 환술사는 고양이의 눈치를 살피며 집 옆의 창고로 걸어갔다. 창고 문은 자물쇠로 단단히 잠겨 있었다. 나반이 환술사의 팔을 비틀었다.

"형님 끝까지 이럴 거요? 빨리 문을 열어야지."

"이… 이보게. 자네가 이리 팔을 잡고 있으면 내가 어찌 문을 열 수 있겠나?"

나반이 세령을 바라보았다. 세령이 고개를 끄덕이며 환술사 앞으로 고양이를 바짝 들이댔다. 환술사가 깜짝 놀라서 울상을 지었다. 나반이 팔을 풀어주자 환술사가 허리춤에서 열쇠를 꺼내 창고 문을 열었다. 하지만 창고 안에는 아무것도 없었다. 나반이 환술사의 팔을 바짝 잡아 비틀었다.

"이… 이게 뭐 하는 개수작이야! 아이들은 어디 있어?"

"끄으으! 이 사람아. 저기… 저 바닥 아래에 있네."

환술사가 단단한 나무로 짜인 나무문을 가리켰다. 환술사가 천천히 걸어가서 바닥으로 내려가는 나무문을 들어 올렸다. 그 안에는 아홉 명의 아이들이 겁에 질린 얼굴로 앉아 있었다. 환술사와 눈이 마주친 아이들은 두려움에 떨면서 소리도 내지 못하고 울었다.

1895년 11월 2일 오전. 영랑사.

대웅전 앞마당으로 들어서는 아이들은 여전히 긴장된 표정이었다. 미리 기별을 받은 주지 스님이 반갑게 달려 나왔다. 세령이 주지 스님에게 허리를 숙여 인사했다.

241

"스님. 오랜만에 인사 올립니다."

"아하! 우리 세령 아씨께서 진짜로 이렇게 오셨네요."

"예에. 그동안 잘 지내셨습니까?"

"저야 항상 그렇지요. 그나저나 보는 눈이 많으면 좋을 게 없으니… 빨리 저 안으로 드시지요."

스님은 세령의 뒤를 따르는 아이의 손을 잡으면서 주변을 둘러보았다. 스님이 따듯한 미소로 반겨주자, 아이들은 그제야 마음을 놓은 듯한 표정이었다. 스님은 아이들을 승방 안뜰로 들여보내고 나서 세령을 돌아보았다.

"그런데 저기 문밖에 계신 분은 누구신가요?"

"예. 한양에서부터 저와 같이 내려온 분이십니다."

"저분께서도 예전에 오신 적이 있으신가요?"

"아닙니다. 오늘 처음 온 것으로 알고 있습니다."

"허어. 그래요? 그런데 어디서 많이 뵌 분 같은데…."

스님은 고개를 갸웃거리며 나반을 조심스럽게 바라보았다. 그때 뜰을 둘러보던 아이들의 웃음소리가 들렸다. 젊은 스님이 아이들에게 무슨 이야기를 들려주고 있었다. 아이들이 또 환하게 웃었다. 밝은 햇살이 아이들을 비춰주고 있었다.

나반의 뜻

아이들의 모습을 흐뭇하게 바라보던 스님이 승방 마루에 앉았다. 세령이 그 옆으로 다가와 앉자, 스님이 나반을 가리키며 나지막한 목소리로 물었다.

"저분은 혹시 어떤 일을 하시나요?"

"과천 남사당패에서 광대 일을 하셨습니다. 지금은 인왕산 천천암에 계십니다."

"천천암? 흐음. 머리를 깎지 않으셨으니 승려는 아닐 것이고… 그곳에서는 어떤 일을?"

"땔감 나무도 해오고 채소도 키우고, 뭐 그런 일을 하셨습니다."

"그런가요? 그런데 어찌해서 이리도 낯이 익은 것일까요?"

스님은 의아한 표정을 지으며 고개를 갸웃거렸다. 나반을 조심스럽게 바라보던 스님이 나지막하게 속삭였다.

"혹시 저분 존함이 어찌 되시는지요?"

"나반 도령이라 하시는데…."

"예에? 나반? 그러면 저분이 바로 그 나반 도령이신가요?"

스님이 깜짝 놀라서 마루에서 일어났다. 세령이 의아한 표정으로 스님을 바라보았다. 스님이 두 손을 모아 가지런히 합장을 하고 나반에게 다가갔다.

1898년 7월 18일.

법부 대신 조병직이 아뢰기를,

"방금 고등재판소의 문의서를 보니, '피고 최시형의 공초'에, 병인년에 간성에 사는 필묵 상인 박춘서에게 동학의 선도와 병을 치료하는 주문과 강신문을 받아 가지고 열군의 각도를 두루 돌아다녔습니다. 주문과 부적으로 백성들을 현혹시켰으며 도당을 체결하였습니다.

갑오년 봄에 피고 전봉준은 고부 지방에서 패거리를 불러 모아 기회를 틈타서 관리를 살해하고 성과 진을 함락시키는 바람에 호서와 호남 지방이 결딴이 나고 뒤흔들리는 지경에 이르렀습니다.

피고가 지시하고 화응한 일은 없지만 그 변란이 일어나게 된 근원을 따져보면 피고가 주문과 부적으로 백성들을 현혹시킨 데 있습니다.

피고 최시형은 백성들을 현혹시키는 데에서 우두머리가 된 자에 대한 형률에 비추어 교형에 처할 것입니다. 해당 범인 최시형을 원래 의율대로 처리하는 것이 어떻겠습니까?"

하니, 윤허하였다. 《조선왕조실록》 고종실록 37권, 고종 35년

1898년 7월 24일 오후. 광희문 밖 주막.

세령은 객방 마루에 앉아서 추녀 끝에 떨어지는 빗방울을
바라보았다. 빗줄기는 고요하게 떨어지고 있었다. 객방에서
바깥을 살펴보던 회자수 노인이 길게 한숨을 내쉬었다.

"동학교주께서 배반자의 밀고로 저리 운명을 달리하셨으
니, 어찌 이런 일이…."

"이 또한 하늘의 뜻이라면 어찌할 수 없으나, 심판에 참여
한 판사가 고부현감 조병갑이라니…. 저는 도저히 그걸 용서
할 수가 없어요."

"그러게 말입니다. 전봉준 장군이 조병갑의 폭정 때문에 일
어섰는데, 그놈은 파직되었다가 다시 판관이 되어 동학교주
님을 사형하라는 판결을 내리다니, 세상 돌아가는 이치를 끝
내 알 수가 없습니다."

회자수는 허망한 표정으로 고개를 숙였다. 주모가 부엌에
서 작은 소반을 들고 나왔다. 주모는 세령 옆에 애호박전을
내려놓고, 객방으로 들어가 회자수 앞에 소반을 내려놓았다.

"모처럼 만에 오셨는데 내놓을 것이 없네요. 저녁상을 차릴
것이니 이것으로 먼저 요기를 하시지요."

주모가 회자수 앞으로 소반을 살짝 더 밀어 놓았다. 하지만
세령이나 회자수 중 누구 하나 수저를 들지 않았다. 주모가

호박전을 잘게 찢으면서 씩씩한 표정으로 말했다.

"이렇게 비가 오는 날은 호박전이 제일이지요. 조금이라도 드셔보세요."

주모의 채근에 회자수가 젓가락을 들었다. 물끄러미 회자수를 바라보던 주모가 조심스럽게 입을 열었다.

"그런데 나반 도령은 또 어디로 사라진 건가요?"

"나반께서 오고 가시는 뜻을 내가 어찌 알겠는가?"

"요즘에는 청도 사리암에 자주 간다는 말을 들었는데…. 그나저나 진령군 그년이 나반을 모신다는 말이 사실인가요?"

주모의 말에 회자수는 아무 말도 하지 않았다. 주모가 고개를 돌려 세령을 바라보았다.

"아씨께서도 혹시 그 소문을 들으셨나요?"

"들어봤네. 하도 황당해서 영인암에 가봤더니 문이 잠겨 있어 만나지는 못했네."

"그년이 무슨 낯짝으로 거기에 무당집을 열었을까요?"

"민비가 죽고 나서 예전처럼 해하려는 사람도 없고, 워낙에 얼굴이 상해서 진령군이라 알아보는 사람도 없으니…."

"아! 그건 진짜 그래요. 눈, 코, 입은 물론이고 귀까지 다 찢어져서 아주 흉악한 몰골이 되었다면서요?"

주모가 진저리를 치며 세령을 바라보았다. 세령이 쓸쓸한 눈빛으로 고개를 끄덕였다.

"어디 얼굴뿐이겠나? 왼쪽 무릎이 망가져서 지팡이가 없으면 일어서지도 못한다고 들었네."

"임금님도 홀렸던 요염한 년이 그리 몸이 망가졌으니 어찌 버티고 사는지 모르겠네요."

"사실 그게… 나는 아주 그 섬에서 죽여버리려 했는데…."

세령이 비가 내리는 하늘을 올려다보며 짧게 한숨을 쉬었다. 주모가 호기심이 가득한 눈빛으로 세령을 바라보았다.

"나반 도령은 그 흉측한 년을 왜 살려두라고 한 것일까요? 그년이 숨기고 있던 재물도 일부 돌려줬다면서요?"

"재물을 돌려줬다기보다는…."

세령이 회자수의 눈치를 살폈다. 회자수는 무심한 눈빛으로 살짝 열린 문 사이로 빗줄기만 바라보고 있었다. 세령이 조심스럽게 입을 열었다.

"환술사가 고통을 이기지 못하고 바다에 뛰어들자, 무당이 너무 슬피 우는 게 아니겠나. 그 바람에 나반 도령이 측은한 마음이 들었나 봐."

"에휴우, 나반 도령의 마음은 도대체 알 길이 없어요. 그런 년은 살가죽을 벗기고 살점을 갈가리 찢어내서 물고기 밥으로 주었어야 하는데…."

주모의 말을 듣고 있던 세령이 허탈하게 미소를 지었다.

"이번에 동학교주님의 심판을 할 때, 조병갑 그놈이 판사였다는 말을 듣고, 나반 도령이 한 말이 있었네."

주모가 긴장한 눈빛으로 세령을 바라보았다. 세령이 마루 위에 앉아 있는 고양이에게 시선을 돌렸다. 고양이는 거미줄에 걸린 나방의 날갯짓을 보며 눈빛을 반짝였다. 세령이 나지막하게 속삭이듯 말했다.

"…사람의 이치가 순리에서 벗어난다면, 그런 놈들의 혼령을 파탄 낼 것이라 하였네."

"혼령을 파탄 낸다는 것이… 어떤 말일까요?"

"그것까지는 내가 알 수가 없지. 다만 지난번에 백련도에서 아이들을 구해 돌아오는 배에서…."

세령은 방 안에 앉아 있는 회자수 노인을 다시 조심스럽게 살피며 나지막하게 말했다.

"무당 진령군을 살려둬야 할 이유가 있다면…. 하늘의 이치를 따르지 않는 자들을, 하늘의 그물로 파탄 내기 위함이라는 말을 한 적이 있네."

"나쁜 년을 나쁜 놈 잡는데 쓴다? 뭐 이런 건가요?"

"그렇지. 이이제이… 오랑캐로 오랑캐를 잡는 데 쓴다는 것이겠지."

1907년 5월 17일 영인암. 무당의 신당.

이완용이 무당 앞에 극진하게 절을 하고 고개를 들었다. 무당이 얼굴을 부채로 가린 채 이완용을 노려보았다.

"그래서 네놈의 음탕한 마음이 네 며느리 년에게 쏠려 있다는 말이냐?"

"예에. 그게 마음을 가라앉히고 아무리 참으려 해도 쉽게 고쳐지지를 않습니다."

"언제부터 그런 해괴한 음심이 발동한 것이냐?"

"그러니까 그것이… 그 아이와 혼담이 오갈 때, 그 사돈집에서 처음 보았을 때부터 그러했습니다."

"실로 고얀 심보로구나. 그러면 네가 그 아이에게 음심을 품은 상태에서도 며느리로 들일 생각을 했던 것이냐?"

무당이 어이가 없다는 듯이 이완용을 노려보았다. 이완용은 멋쩍은 표정을 지으며 고개를 숙였다. 무당이 다시 서늘한 목소리로 물었다.

"네가 오늘 나를 찾아온 연유는, 이제 더는 며느리에게 음심을 품지 않도록 도와달라는 것이냐? 아니면 그 며느리를 네가 어찌 해볼 수 있는 방책을 알려달라는 것이냐?"

"그 어떤 쪽도 제 마음대로 할 수 있는 것이 아니니, 저는 그저 만신님의 뜻을 따르도록 하겠습니다."

이완용의 말을 듣고 있던 무당이 한동안 그를 매섭게 쏘아보다가, 손에 방울을 들고 흔들기 시작했다. 방울 소리가 울려 퍼지자 이완용의 눈빛이 조금씩 풀리기 시작했다. 이완용의 혼령이 어지럽게 흔들리는 것을 보고 무당이 방울 소리를 멈췄다.

"사내가 계집을 보고 음심을 품는 것을 어찌 탓할 수 있겠느냐?"

"예에? 만신님 지금 그 말씀은…?"

"네 아들이 이승구라고 했더냐?"

"예에. 호적에는 승구라 올렸으나 집에서는 명구라 부르고 있습니다."

"네 아들놈과 며느리가 아주 밤마다 난리가 아니로구나."

"사실은 제가 그 소리에 더욱 몸이 달아서…."

"미친놈!"

무당이 이완용에게 붉은 팥을 확 뿌렸다. 이완용이 깜짝 놀라서 바닥에 바짝 엎드렸다. 이완용이 다시 고개를 들자, 무당이 검은 콩과 붉은 팥 한 주먹을 들어 다시 세차게 뿌렸다.

"마음이 가면 몸이 가는 것이 당연한 이치니라. 한 가지만 묻고 방책을 일러주마. 너는 네 아들놈이 자결해도 좋으냐?"

"솔직히 그게… 제가 낳은 친자식도 아니고, 양자로 들여온 아이라서…."

이완용의 말을 듣고 있던 무당이 싸늘하게 미소를 지었다.

"하긴 뭐 나라를 팔아먹은 놈이 집안을 파탄 내지 말란 법이 있다더냐?"

이완용이 날카롭게 눈을 치켜떴다. 하지만 무당이 방울을 요란하게 흔들며, 이완용에게 다시 붉은 팥을 뿌려대기 시작했다. 이완용은 그 살벌한 기세에 눌려 다시 바짝 엎드렸다.

"네 아들놈을 왜국에 유학을 보내거라!"

"외국에 유학을 보내라 하셨습니까?"

"외국이 아니라 왜국! 아들을 일본놈 땅에 유학 보내고 나면… 네놈은 아주 마음껏 네 며느리 년을 안고 즐거이 희롱할 수 있을 것이야!"

"그런데 방금 전에 우리 아들이 자결을 할 것이라는 예언은 어인 말씀이십니까?"

"어허! 이놈이 끝끝내 방자하구나! 하늘이 내린 판결을 네놈이 다시 묻는 것이냐?"

무당의 매서운 눈빛에 이완용은 황급히 바닥에 엎드렸다. 무당이 항아리에 담겨 있던 콩과 팥을 이완용에게 쏟아부었다. 이완용이 진저리를 치며 바짝 엎드렸다.

하얀 소가 끄는 수레

   무당이 마지막 남은 붉은 팥을 한 주먹 쥐어들었다. 이완용이 천천히 고개를 들었다. 무당이 싸늘한 눈빛으로 이완용을 내려다보았다.

   "네놈의 꿈자리가 심상치 않을 것이야. 이를 어찌하면 좋겠느냐?"

   "사실은 지금도 제대로 잠을 이루지 못하고 있습니다."

   무당이 팥이 든 주먹을 쥐어보이며 이완용을 노려보았다.

   "지금까지 시달린 건 일도 아니다. 앞으로 더 흉측한 꿈이 네놈의 온몸을 바늘로 콕콕 찌르는 것처럼 달려들 것이야."

   "그러면 저는 어찌하면 좋겠습니까?"

   이완용의 물음에 무당이 씨익 웃으며, 얼굴을 가렸던 부채를 내렸다. 무당의 끔찍한 얼굴을 보고 이완용이 흠칫 놀라 뒤로 물러나 앉았다. 무당이 찢어진 입술을 크게 벌렸다.

   "네 마음이 괴로울 때마다 황금을 들고 나에게 오거라. 그때마다 내가 너에게 좋은 계책을 알려주도록 하겠다."

   "만신님…."

   "만약에 이 말을 거역한다면…. 네놈은 죽는 순간까지 폐가 찢어지는 고통에 시달리다가 죽게 될 것이야. 내가 모시는 분이 어떤 분인지 잘 알고 있지?"

무당이 북쪽 벽면에 걸린 나반의 그림을 가리켰다. 이완용이 고개를 들어 나반의 형상을 바라보았다.

"어허! 이놈이 저분이 감히 누군 줄 알고, 그 사악한 눈깔을 함부로 뜨는 것이냐?"

무당이 버럭 소리를 지르며 이완용에게 마지막 붉은 팥을 집어던졌다. 이완용이 바르르 떨면서 몸을 바짝 엎드렸다.

1910년 8월 29일.

민비의 아들 조선의 마지막 임금 순종은 다음과 같은 교지를 내렸다.

"짐이 이에 결연히 반성하고 스스로 결단을 내려, 대한제국의 통치권을 종전부터 친근하게 믿고 의지하던 이웃 나라 대일본 황제 폐하에게 넘긴다. 밖으로 동양의 평화를 공고히 하고 안으로 팔도의 민생을 보전하게 하니 그대들 대소 신민들은 번거롭게 소란을 일으키지 말고, 각각 그 직업에 안주하여 일본 제국의 문명한 새 정치에 복종하여 행복을 함께 받으라."《조선왕조실록》순종실록 4권, 순종 3년

1910년 10월 11일. 청도 호거산 사리암 천태각.

세령이 나반에게 큰절을 올렸다. 나반은 무심한 표정으로 세령을 내려다보았다. 세령이 담담한 목소리로 말했다.

"회자수 어른이 입적하여 잘 모셨습니다. 사람을 보내도 말씀이 없으셔서 천천암에서 화장을 하였습니다."

한동안 말이 없던 나반이 나지막하게 입을 열었다.

"차를 한잔하시겠어요?"

"예. 쉬지 않고 올라왔더니 목이 마릅니다."

나반은 작은 찻잔에 맑은 차를 따라 세령에게 내주었다. 그릇은 차가웠으나 차는 따뜻했다. 세령이 세 번에 걸쳐 차를 마시고 나반을 올려다보았다.

"이제 한양에는 오시지 않을 생각이십니까?"

"당분간은 여기서 조용히 머물 생각이에요."

"한양 삼각산에도 터를 마련하셨다 들었는데…."

세령이 아쉬운 눈빛으로 고개를 들었다. 나반이 빙긋이 웃으며 조용히 찻잔을 들었다.

"영인암 무당은 제 말을 잘 따르고 있지요?"

"예에. 며칠 전에 찾아갔더니 반갑게 저를 맞이해주었습니다. 나라를 팔아먹은 나쁜 놈들만 찾아와서 괴롭다면서도…. 굶주린 아이들에게 써달라면서 쌀 이백 섬을 또 건네주었습니다."

"잘 하고 있네요. 주모와 다른 분들은 어찌 지내고 있나요?"

"주모는 환술사의 제단을 작게 만들어놓고, 아침저녁으로 절을 올리고 있습니다. 사공은 상단의 일원이 되어 아주 많은 돈을 벌고 있다 들었습니다."

세령의 말을 듣고 있던 나반이 살며시 눈을 감았다. 잠시 말이 없던 나반이 조용히 눈을 떴다.

"사냥꾼 어른 소식은 다른 사람들을 통해 듣고 있는 것이 있는데…. 혹시 만나게 되면 호랑이 사냥은 이제 그만하고…. 연해주로 가라고 전해주세요."

"연해주? 그곳은 어디입니까?"

"함경도 너머 아라사에 있어요. 그곳에 가면 꼭 만날 사람이 있으니, 그분을 따라가면 된다고 전해주세요."

"그분도 이제 연세가 있으셔서…."

세령이 안타까운 눈빛으로 고개를 저었다. 나반이 빙긋이 미소를 지으며 천태각 바깥으로 펼쳐진 숲을 돌아보았다.

"꼭 가야 할 일이 있습니다. 그곳에 가면 함경도에서 건너온 포수 출신의 장군을 만날 것인데…. 사냥꾼 어른이 꼭 해야 할 일이 있을 것입니다."

나반의 말에 세령은 의아한 표정을 지으면서도 고개를 끄덕였다. 나반이 세령의 무릎에 얌전하게 엎드려 있는 고양이를 바라보았다. 고양이가 살며시 눈을 뜨고 나반을 올려다보았다. 나반이 손을 내밀자 하얀 고양이가 나반의 앞으로 다가갔다. 나반이 고양이를 쓰다듬으며 나지막하게 속삭였다.

"이곳에 오시는 길에 하얀 소가 끄는 수레를 타셨지요?"

"그걸 어찌 아십니까? 길이 험하여 걱정을 했는데, 마침 지나가던 농부가 수레를 태워 해주었습니다."

나반이 조용히 미소를 지었다. 두 사람은 한동안 말없이 앉아 있었다. 숲을 지나온 바람 소리가 부드럽게 시간을 감싸고 있었다. 나반이 세령의 잔에 다시 따뜻한 차를 따라주었다.

"소가 끄는 그 수레에서 백호도 함께 있었으니, 이제 저 아래 운문사 운판에서 새 한 마리를 마저 보신다면⋯. 이 세계의 모든 이치와 조화를 만나실 겁니다."

"운문사 운판의 새? 글쎄요? 그것은 잘 기억이 나지를 않습니다."

세령이 고개를 갸웃거리며 의아한 표정을 지었다. 나반이 찻잔을 비우고 지극한 눈빛으로 세령을 바라보았다.

"오늘 이곳에서 내려가면 꼭 운문사에 들러 운판을 찾아보세요. 그곳에 새가 날아와 앉으면⋯."

나반이 고양이를 한결 더 다정하게 쓰다듬으며 나지막하게 속삭였다.

"⋯그 운판의 새를 만나게 되면⋯ 아씨께서는 이 세상의 모든 것을 보는 것이지요."

"그게 무슨 말씀이신지 저는 잘⋯."

"내려가 보시면 알게 되겠지요. 새의 울음소리를 듣게 되면 다음 생애에 환생하여 다시 만날 수 있을 것이니… 너무 슬퍼하지 마세요."

나반이 고양이를 세령에게 넘겨주면서 조용히 눈을 감았다. 천태각 추녀에 매달린 풍경에서, 물고기 한 마리가 하늘로 날아오르고 있었다.

1910년 10월 30일 저녁. 운문사 범종각 아래.

세령이 범종각을 올려다보면서 두 손을 모았다. 해가 기울어가면서 범종이 먼저 울리고, 뒤이어서 법고와 목어가 울었다. 세령은 간절한 마음으로 두 눈을 꼭 감고 기도를 올렸다. 운판의 청아한 소리가 밤하늘에 퍼져 나갔다. 범종이 다시 울리고, 법고와 목어와 운판의 소리가 함께 울려 퍼졌다. 사리암 쪽에서 별 하나가 유난히 크게 반짝였다. 하얀 고양이가 울음소리를 냈다. 세령이 눈을 떴다. 운판의 맑은 소리가 사리암 쪽을 향했다.

"아! 지금 저 모습은…."

세령이 짧게 탄식을 했다. 어두운 하늘에서 운판의 소리를 따라 봉황새 한 마리가 날아오고 있었다.

하늘의 그물

고부현감 조병갑은 최시형 재판 이후에 승승장구하여 영화를 누렸다. 그의 아들 조강희는 일제강점기 통감부 기관지였던 경성일보와 매일신보에 근무하였고, 친일신문 동광신문에서 주필 겸 편집국장을 지냈다. 조강희의 손녀딸은 청와대 홍보수석을 지냈고 서울의 여자대학교 교수로 재직했다.

전봉준의 장녀 전옥례는 1970년 아흔다섯에 사망하였다. 전옥례가 자식들에게 유언처럼 남긴 말이 있다.

"할아버지가 전봉준이라는 것을 절대로 잊지 말라."

"전봉준의 후손이라는 것이 알려지면 위험하니 남들에게는 절대로 말하지 말라."

해방이 된 지 25년이 지난 1970년대에 들어서도 전봉준의 딸은, 그 자신이 녹두장군의 딸이라는 것을 당당하게 밝히지 못하고 두려움에 떨며 살았다. 일본군 장교 출신이 대통령으로 있었기 때문이다.

전봉준의 차남 전용현은 1941년 목포에서 예순에 사망하여 목포 유달산 기슭에 있는 공동묘지에 묻혔다.

전봉준의 손자 전익선은 1953년 서울로 상경하여 막노동판을 전전했고, 그의 아내는 생선 장사 행상을 하며 어렵게 살았다. 1998년 12월 17일에 전익선은 아흔에 사망했다. 이 때까지 전봉준의 손자 전익선은 국가로부터 그 어떤 혜택도 받지 못했다.

무당과 환술사 사이에서 태어난 아들은 일제강점기 중추원 참의를 지냈다. 그는 제약회사를 설립하여 한국과 일본에서 큰돈을 벌었고, 강남 개발에 참여하여 막대한 부를 이루었다.

1960년 6월 7일 새벽 5시 10분경. 조선 황실의 재산을 관리하던, 창경궁 '구황실재산사무총국'에 화재가 일어났다. 이 화재는 방화가 유력한 정황이 있었다. 이 당시 총국의 직원들의 황실 재산 부정 유출에 대한 경찰의 조사가 이뤄지고 있던 시점이었다. 하지만 방화범은 끝내 잡히지 않았고, 조선 황실의 재산은 이규○에게 넘어갔다.

조선 황실의 경기도 오산 땅과 연관이 있는 이규○은 박정○와 일본 육사 동기였고, 이규○의 외손자는 "외할아버지가 결혼 축의금으로 167억을 주었다"라고 진술했다. 이규○의 딸은 이순○였고, 사위는 대한민국 대통령을 지낸 전두○이다.

나반이 사리암 천태각에서 나와 돌계단을 내려왔다. 계단 아래에 앉아 있던 여인이 반가운 얼굴로 나반에게 인사를 했다.

"할아버지 안녕하세요? 오늘은 어디를 가실 건가요?"

나반이 빙긋이 웃으며 여인이 안고 있는 하얀 고양이를 바라보았다. 여인이 나반에게 고양이를 데려오자 나반이 고양이의 머리를 다정하게 쓰다듬어주었다.

"어머니가 꿈에 나타나 아직도 울고 있던가?"

여인이 눈물을 글썽거리면서 고개를 끄덕였다. 나반이 멀리 마을을 내려다보며 인자한 눈빛으로 말했다.

"내가 어머니의 억울한 죽음을 밝혀주도록 하지."

여인이 환하게 웃으며 나반에게 허리를 숙였다. 나반이 여인에게 고개를 돌렸다.

"내일 서울로 올라간다고 했던가?"

"예. 아빠가 내일 미국에서 돌아오세요."

"내가 부탁할 일이 하나 있는데 들어주겠나?"

여인이 황송한 눈빛으로 고개를 끄덕였다. 나반이 하늘을 올려다보며 나지막하게 속삭였다.

"노량진 사육신묘에 올라가보면 눈에 띄는 깃발 하나가 있을 것이네."

"깃발이라고 하시면 어떤…?"

"가보면 알아. 높은 대나무에 붉은 깃발이 펄럭이는 무당집이 보일 것이야. 그 무당집 아래 골목길 계단에서… 혼자 울고 있는 아이에게 이걸 전해주도록 하게."

나반이 품속에서 하얀 새를 꺼내 여인에게 전해주었다. 여인이 조심스러운 눈빛으로 새를 감싸안았다. 나반이 다정한 눈빛으로 말했다.

"그 아이를 만나면 이 새를 전해주고, 이제 때가 왔으니 너무 슬퍼하지 말라고… 곧 만나게 될 것이라 전해주게."

"아이라고 하시면 그게 누구인지?"

"세령이라고 하네. 보면 바로 알 수 있을 것이야."

여인이 조심스럽게 고개를 끄덕였다. 나반이 혼잣말처럼 나지막하게 속삭였다.

"이제 울지 말라고… 간절한 마음이 있으면 반드시 뜻이 이뤄질 것이라 전해주게. 하늘의 그물이 곧 펼쳐질 것이라는 말도 꼭 해주도록 하게."

"하늘의 그물이라고 하시면…?"

"그 아이는 바로 알아들을 것이야. 하늘의 그물은 크고 넓어서 엉성해 보이지만, 그 누구도 빠져나갈 수가 없지. 불평등이 극에 달하면, 하늘의 그물은 악귀들이 아끼는 가장 소중한 것부터 처절하게 찢어 죽일 것이야."

하얀 고양이가 지극한 눈빛으로 나반을 바라보았다.

작가의 말

하늘의 그물은 크고 넓어 엉성해 보이지만, 누구도 빠져나가지 못한다. 천망회회 소이불실(天網恢恢 疎而不失)

아무리 열심히 살아도 소용없다는 생각을 한 적이 있다. 신문 배달을 하다가 창신동 성터 위에 올라서면 아침이 찾아왔다. 경복궁과 그 너머의 청와대를 내려다보면서 세종대왕의 후손으로 태어난 내 운명을 생각해보았다.

명성왕후는 그만두고 민비라는 말도 아까운 희대의 악녀 민자영. 역사는 도대체 후손들에게 무엇을 전하는 것이고, 후손들은 도대체 역사에서 무엇을 배우는 것일까? 녹두장군 전봉준을 들고일어나게 만들었던 고부현감 조병갑은, 화려하게 부활하여 동학교주 최시형을 죽이는 판사가 되었고, 그 후손들은 일제에 붙어 부귀영화를 누리고 2,000년대 들어서도 화려하게 살아가고 있다. 전봉준의 후손들은 일본 육사 출신의 대통령이 통치하는 세상에서 두려움에 떨며 신분을 숨기며 살다가 비참하게 죽었다. 조병갑의 후손들은 부와 명예를 누리며 살아가고, 전봉준의 후손들은 행려병자, 생선 노점상, 공사장 막노동꾼으로 비참하게 살았다. 이런 나라를 어찌 믿고 의지하는가!

"새야 새야 파랑새야! 녹두밭에 앉지 마라. 녹두꽃이 떨어지면 청포 장사 울고 간다."

슬픈 척 노래 부르지 마라. 청포 장사가 울기도 전에 희대의 악녀 민비를 똑바로 보라. 속지 마라. 민자영이 행한 그 숱한 악행을 미화하지 마라. 진실을 알았으면 눈감지 마라. 비판하라. 욕하고 소리 질러라!

외로움은 쓸쓸함이 아니라 분노의 감정으로부터 나온다. 외롭고 외롭다. 불평등이 극에 달하면, 하늘의 그물은 침묵하고 외면한 자들의 가장 아끼고 지극한 것부터 찢어 죽일 것이다.

나반의 세상을 꿈꾼다. 나반은 반드시 돌아와 세령의 울분과 외로움을 달래주리라. 이 땅의 수많은 세령은 반드시 살아나 불평등한 세상의 외로움을 떨치고 일어설 것이다.

나반의 그물은 크고 넓어 엉성해 보이지만… 그 누구도 빠져나가지 못한다.

그 사실을 굳게 믿으며 이 소설을 썼다.

봉산탈출 이봉선

역사 판타지 타로 야화

세령

초판 1쇄 발행 2024년 3월 20일

지은이 이봉선
펴낸이 유지서

펴낸곳 이야기공간픽션꾼 ※ 이야기공간픽션꾼은 이야기공간의 장르문학 브랜드입니다.
출판등록 2020년 1월 16일 제2022-000256호
전화 070-4115-0330 **팩스** 0504-330-6726 **이메일** story-js99@nate.com
블로그 blog.naver.com/story_js2020
인스타그램 https://www.instagram.com/the_story.space/
유튜브 https://www.youtube.com/channel/UCGc7DD4pxilIHPBU-b-kX5Q
이야기공간스토어 https://smartstore.naver.com/storyspace
　　　　　　　　22698 인천광역시 서구 승학로 406, 효산캐슬 A동 503호 (검암동)

편집 강서윤, 홍지회　**디자인** 박영정
마케팅 신경범, 우아한이제이, 육민애
경영지원 카운트북countbook@naver.com　**인쇄·제작** 미래피앤피yswiss@hanmail.net
배본사 런닝북runrunbook@naver.com　**전자책 제작** 롤링다이스everbooger@gmail.com

ISBN 979-11-93098-13-4 (03810)